Alexander Sergejewitsch
Puschkin

Die Hauptmannstochter

www.elv-verlag.de

Puschkin, Alexander Sergejewitsch

Die Hauptmannstochter

ISBN: 978-3-86267-094-9

Auflage: 1
Erscheinungsjahr: 2011
Erscheinungsort: Bremen, Deutschland

Europäischer Literaturverlag GmbH, Fahrenheitstr. 1, 28359 Bremen (www.elv-verlag.de).

Die Hauptmannstochter

Mein Vater, Andrej Petrowitsch Grinew, diente in seiner Jugend unter dem Grafen Münnich und nahm später im Jahre 17 .. als Major seinen Abschied. Er lebte auf seinem Dorf im Ssimbirskschen und heiratete Fräulein Awdotja Wassiljewna J., die Tochter eines Edelmannes aus der Gegend. Neun Kinder entsprossen der Ehe. Meine Brüder und Schwestern starben alle in früher Kindheit. Durch die Vermittlung eines nahen Verwandten, des Gardemajors Fürst B., wurde ich Sergeant des Ssemjonowschen Regiments. Dort war ich beurlaubt bis zum Abschluss meiner Erziehung. Damals wurden wir nicht auf die heutige Art erzogen. Als ich fünf Jahre alt war, kam ich unter die Obhut des früheren Reitknechts Ssaweljitsch, der wegen seines ordentlichen Betragens zu meinem Wärter ernannt worden war. Unter seiner Aufsicht gelang es mir bereits mit zwölf Jahren, meine Muttersprache zu lesen, und ich wusste die Eigenschaften von Jagdhunden genau zu beurteilen. Damals engagierte mein Vater einen Franzosen für mich, Monsieur Beaupré, der aus Moskau gleichzeitig mit dem Jahresbedarf an Wein und Provence-Öl ankam. Sein Erscheinen war Ssaweljitsch ganz und gar nicht recht.

»Weiß Gott«, knurrte er, »das Kind ist gewaschen und gekämmt und wohl auch satt. Muss man da noch Geld verschwenden und so einen Musjö anstellen, als hätte man keine eigenen Leute mehr!«

Beaupré war in seinem Vaterlande Friseur gewesen, darauf Soldat in Preußen und dann nach Russland gekommen. Er war ein guter Kerl, gleichzeitig aber leichtsinnig und im höchsten Grade liederlich. Leidenschaft für das schöne Geschlecht war seine Hauptschwäche, jedoch brachten ihm seine Zärtlichkeiten nicht selten Rippenstöße ein, die er dann tagelang beklagte. Er war zudem (wie er selbst sagte) durchaus kein Feind des Fläschchens, das heißt, um es deutlich zu sagen, er liebte es, einen hinter die Binde zu gießen. Da jedoch in unserem Hause Wein nur bei Tisch getrunken wurde, und auch dann nur höchstens ein Glas, wobei der Lehrer sogar meistens übergangen wurde, so blieb Beaupré nichts anderes übrig, als sich mit großer Schnelligkeit an die russischen Liköre zu gewöhnen, ja er zog sie mit der Zeit sogar den Weinen seines Vaterlandes vor und meinte, sie seien viel verträglicher für den Magen. Wir schlossen bald Freundschaft, und war er auch nach seinem Kontrakt verpflichtet, mir Französisch, Deutsch und sämtliche Wissenschaften beizubringen, so zog er doch bei Weitem vor, in aller Eile von mir ein wenig Russisch zu lernen, worauf ein jeder von uns beiden seine Wege ging. Und so lebten wir denn wie ein Herz und eine Seele. Einen besseren Lehrer wünschte ich mir gar nicht. Allein schon bald trennte uns das Schicksal voneinander, und das kam so:

Palaschka, die Wäscherin, ein dickes, pockennarbiges Mädchen, und die einäugige Akuljka, die Kuhmagd, waren miteinander übereingekommen und warfen sich gleichzeitig meiner Mutter zu Füßen, bekannten ihre sündige Schwäche und klagten weinend den Musjö an, der sie in ihrer Unerfahrenheit betört habe. Die Mutter verstand in solchen Dingen keinen Spaß und gab die Klage meinem Vater weiter. Und der machte kurzen Prozess. Augenblicks befahl er, die Kanaille von Franzosen zu rufen. Man berichtete ihm, dass der Musjö mir gerade eine Stunde gebe. Und so kam der Vater denn in mein Zimmer. Aber Beaupré schlief um diese Zeit auf meinem Bett den Schlaf des Gerechten. Ich dagegen war sehr beschäftigt. Man hatte aus Moskau für mich eine Geografiekarte bestellt. Sie hing an der Wand, ohne dass jemand sie benutzte, aber schon lange hatte mich ihre Breite und das schöne, starke Papier entzückt. Ich war entschlossen, einen Drachen aus ihr zu machen, und da Beaupré schlief, ging ich ans Werk. Doch in dem Augenblick, als ich gerade einen Bastschwanz an das Vorgebirge der Guten Hoffnung knüpfte, trat mein Vater ein. Er sah meine Bemühungen in der Geografie, und schon hatte er mich am Ohr, dann aber ging er auf Beaupré los, weckte ihn äußerst unsanft und überschüttete ihn mit Vorwürfen. Beaupré wollte sich zwar trotz seiner Bestürzung erheben, aber es ging nicht: Der arme Franzose war auf den Tod betrunken. Ihm war nicht mehr zu helfen. Am Kragen zerrte ihn mein Vater hoch und aus dem Bett und warf ihn zur Tür hinaus, und noch am selben Tage wurde er Knall und Fall entlassen, zu Ssaweljitschs unsagbarer Freude. Damit war meine Erziehungsperiode abgeschlossen.

Fortan lebte ich das Leben eines Landjunkers, der den Tauben nachstellte und mit den Jungen des Gutsgesindes spielte. So erreichte ich mein sechzehntes Jahr. Aber da änderte sich mein Schicksal.

Einst -- es war im Herbst -- machte die Mutter im Gastzimmer Obst mit Honig ein, ich aber beobachtete, die Lippen leckend, inzwischen den brodelnden Schaum. Der Vater las am Fenster den «Hofkalender», den er jedes Jahr zugestellt bekam. Die Lektüre dieses Buches machte immer einen starken Eindruck auf ihn: Niemals brachte er es fertig, es ohne persönliche Anteilnahme zu lesen, und noch ein jedes Mal rief diese Lektüre in ihm eine erstaunliche Erregung der Galle hervor. Die Mutter, die alle seine Gewohnheiten und Launen natürlich aufs Beste kannte, war immer darauf aus, das unglückselige Buch so weit wie möglich zu verstecken, und so geschah es, dass manchmal der «Hofkalender» ihm monatelang nicht unter die Augen kam. Fand er ihn aber dann zufällig irgendwo, dann konnte es geschehen, dass er ihn stundenlang nicht mehr aus den Händen ließ. Und so las denn auch dieses Mal mein Vater den «Hofkalender» und zuckte manchmal mit den Achseln und brummte hie und da halblaut: «Generalleutnant! ... Der war doch in meiner Kompanie Sergeant! ... Beider russischen Orden Ritter!... Und ist's denn so lange her, dass wir...?»Schließlich flog der Kalender aufs Sofa, mein Vater versank in Nachdenklichkeit, die uns nichts Gutes verhieß.

Plötzlich wandte er sich zur Mutter: «Awdotja Wassiljewna, wie alt mag wohl unser Petruscha jetzt sein?»

«Je nun, er steht jetzt im siebzehnten Jährchen», entgegnete die Mutter. «Petruscha wurde im gleichen Jahre geboren, als die Tante Nastasja Gerassimowna ihr eines Auge verlor, und damals war auch ...»

«Schon gut», unterbrach sie der Vater, «dann ist es auch an der Zeit für ihn, Soldat zu werden. Er ist genug zu den Mägdekammern geschlichen und in die Taubenschläge gekrochen.»

Die Mutter geriet durch den Gedanken an die baldige Trennung in eine solche Bestürzung, dass sie den Löffel, mit dem sie rührte, in den Topf fallen ließ, während sie weinte. Mein Entzücken war dagegen schwer zu beschreiben. Der Gedanke an den Militärdienst verschmolz in mir mit Gedanken an die kommende Ungebundenheit und an die Vergnügungen des Lebens in Petersburg. Ich sah mich schon als Gardeoffizier, und das war meiner Ansicht nach die Höhe menschlicher Glückseligkeit.

Mein Vater war nicht geneigt, seine Entschlüsse zu ändern oder ihre Verwirklichung hinauszuschieben. So wurde denn der Tag meiner Abreise festgesetzt. Am Abend vorher teilte uns der Vater mit, er beabsichtige, an meinen zukünftigen Kommandeur durch mich einen Brief gelangen zu lassen, und forderte Feder und Papier.

«Vergiss nicht, Andrej Petrowitsch», sagte die Mutter, «den Fürsten B. auch von mir zu grüßen, ich hoffe sehr, dass er Petruscha seine Gnade nicht entziehen wird.»

«Unsinn!» entgegnete der Vater und runzelte die Stirne. «Wie komme ich dazu, an den Fürsten B. zu schreiben?»

«Sagtest du nicht, du wolltest an Petruschas Kommandeur schreiben?»

«Und?»

«Und Petruschas Kommandeur ist doch der Fürst B. Du weißt ja, dass Petruscha dem Ssemjonowschen Regiment zugezählt worden ist.»

«Zugezählt! Was will das schon heißen, dass er dort zugezählt ist? Nach Petersburg kommt mir Petruscha nicht. Was kann er lernen, wenn er in Petersburg dient? Prassen und dummes Zeug treiben? Nein, in der Armee soll er mir dienen und den Gurt enger ziehen, Pulver riechen und ein ordentlicher Soldat werden und kein Gardeaffe! Wo hast du seinen Pass? Gib ihn her.»

Und so musste denn Mütterchen meinen Pass hervorholen, den sie in ihrer Schatulle mit dem Hemdchen, in dem ich getauft worden war, aufbewahrte; mit zitternder Hand übergab sie ihn dem Vater. Dieser las ihn aufmerksam durch, legte ihn sorgfältig vor sich auf den Tisch und begann seinen Brief.

Neugier peinigte mich. Wohin, wenn es schon nicht nach Petersburg ging, sollte ich geschickt werden? Ich beobachtete gespannt des Vaters Feder, obwohl sie sich mit großer Langsamkeit bewegte. Endlich war er fertig, steckte den Brief samt dem Pass in einen Umschlag und versiegelte diesen, legte darauf die Brille ab, rief mich heran und sagte: «Hier hast du einen Brief an Andrej Kirillowitsch R., meinen alten Kameraden und Freund. Deine Reise geht nach Orenburg, wo du unter seinem Kommando dienen wirst.» Meine schönen Hoffnungen, so waren sie denn nun alle dahin! Mich erwartete anstelle des heiteren Petersburger Lebens die Langeweile einer öden und abgelegenen Gegend. Der Dienst, den ich mir noch vor einem Augenblick mit solchem Entzücken ausgemalt hatte, kam mir jetzt wie ein bitteres Unglück vor. Aber da half kein Widerstreben! Bereits am nächsten Morgen fuhr der Reisewagen vor unserer Freitreppe vor; die Kiste mit meinen Habseligkeiten wurde verstaut, ich erhielt ein Reisebesteck mit dem nötigen Teegeschirr, und ebenso mangelte es nicht an verschiedenen Paketen mit Weißbrot und Kuchen, sozusagen den letzten Beweisen mütterlicher Sorgfalt. Die Eltern gaben mir ihren Segen. Und der Vater sagte noch: »Leb denn wohl, Pjotr. Wem du geschworen hast, dem diene mit aller Treue; den Vorgesetzten gehorche; sei nicht zu sehr hinter ihrer Gunst her; dränge dich im Dienst nie vor, aber scheue auch keinen Dienst; und gedenke des Sprichwortes: Wahre das Kleid, derweil es neu ist, die Ehre aber von Jugend auf.« Die Mutter war ganz in Tränen aufgelöst und hieß mich auf meine Gesundheit achtgeben. Ssaweljitsch aber befahl sie, das Kind nicht aus den Augen zu lassen. Darauf musste ich einen kleinen Pelz anziehen, über den ein schwerer Fuchspelz geworfen wurde. Ich setzte mich neben

Ssaweljitsch in den Reisewagen, und während ich bittere Tränen vergoss, begann unsere Reise.

Noch in der gleichen Nacht erreichten wir Ssimbirsk; hier musste ich einen ganzen Tag zubringen, da Ssaweljitsch den Auftrag hatte, einiges Notwendige einzukaufen. Ich stieg im Gasthaus ab. Schon am frühen Morgen entfernte sich Ssaweljitsch, um seine Besorgungen zu machen. Ich sah aus dem Fenster auf die schmutzige Seitenstraße, bis es mir langweilig wurde, und schlenderte darauf durch die übrigen Zimmer des Gasthauses. Im Raum, in dem das Billard stand, sah ich einen hochgewachsenen Herrn im Schlafrock, er mochte einige fünfunddreißig Jahre alt sein, sein Schnurrbart war lang und schwarz, in der Hand hielt er ein Queue und in den Zähnen die Pfeife. Er spielte mit dem Kellner; wenn dieser gewann, durfte er einen Schnaps trinken, verlor er aber, so musste er auf allen vieren unter den Billardtisch kriechen. Ich sah ihrem Spiel zu. Je mehr Zeit verging, desto häufiger wurden die Spaziergänge auf allen vieren, und zu guter Letzt blieb der Kellner unter dem Billard liegen. Der Herr sandte ihm einige gesalzene Worte als eine Art Leichenrede nach und wendete sich darauf an mich mit dem Vorschlag, eine Partie zu spielen. Ich lehnte wegen meiner Unkenntnis des Spiels ab. Ihm kam das augenscheinlich sonderbar vor. Er warf mir einen Blick zu, als bemitleide er mich, dennoch aber kamen wir ins Gespräch. Und so erfuhr ich denn, dass er Iwan Iwanowitsch Surin heiße, dass er Rittmeister in einem Husarenregiment sei, dass er sich in Ssimbirsk nur aufhalte, um eine Anzahl von Rekruten in Empfang zu nehmen, und dass er im gleichen Gasthaus wohne. Surin forderte mich auf, mit ihm gemeinsam Mittag zu essen, und zwar nach Soldatenart, was Gott geschickt habe. Ich willigte mit Vergnügen ein. Wir setzten uns zu Tisch. Surin trank viel und veranlasste auch mich dazu, denn er sagte, ich müsse mich auf diese Weise an den Dienst gewöhnen; er erzählte mir so viel Anekdoten aus dem Armeeleben, dass ich mich vor Lachen kaum mehr halten konnte, -- und so waren wir denn nach Tisch natürlich schon die besten Freunde. Er machte mir den Vorschlag, mich zu unterweisen, wie man Billard spielt. »Das ist nämlich«, sagte er, »für jeden von uns unumgänglich notwendig. Wenn man zum Beispiel während des Feldzuges in einen kleinen Ort verschlagen wird, womit soll man sich dort beschäftigen? Man kann doch nicht immer und immer nur Juden hauen. Dann gehst du eben unwillkürlich ins Wirtshaus und spielst Billard; aus diesem Grund muss man es spielen können.« Ich fand das ganz in der Ordnung und machte mich mit großem Eifer daran, es zu lernen. Mit lauter Stimme feuerte Surin mich an, er wunderte sich über meine raschen Fortschritte und schlug mir schon nach einigen Versuchen vor, um Geld zu spielen, um einen Groschen die Partie, nicht etwa des Gewinnes halber, sondern um nicht so für nichts und wieder nichts zu spielen, denn das, sagte er, sei von allen Gewohnheiten die übelste. Auch hiermit erklärte ich mich einverstanden, Surin jedoch ließ Punsch kommen und überredete mich, diesen zu versuchen, wobei er immer wieder sagte, ich müsse mich an den Dienst gewöhnen; und was wäre der Dienst ohne Punsch! Ich tat, was er wollte. Indessen ging unser Spiel weiter. Je häufiger ich aus meinem Glase trank, desto verwegener wurde ich. Meine Bälle flogen jeden Augenblick über den Rand; ich ereiferte mich und schalt den Kellner. Von Stunde zu Stunde erhöhte ich die Einsätze -- mit einem Worte, mein Benehmen war das eines Knaben, der zum ersten Male die Freiheit kostet. Die Zeit verstrich inzwischen unmerklich. Surin sah endlich auf die Uhr, warf dann sein Queue hin und kündigte mir an, ich hätte hundert Rubel an ihn verloren. Ich geriet ein wenig in Verlegenheit. Meine Gelder waren bei Ssaweljitsch. Ich begann, mich zu entschuldigen. Aber Surin unterbrach mich: »Ach was! Kein Grund, dich zu beunruhigen. Ich kann warten, inzwischen aber wollen wir zu Arinuschka fahren.«

Was soll man sagen? Diesen Tag beschloss ich genauso liederlich, wie ich ihn begonnen hatte. Zu Abend aßen wir bei Arinuschka. Surin schenkte mir ununterbrochen ein und wiederholte unablässig, ich müsse mich unbedingt an den Dienst gewöhnen. Als wir aufstanden, hatte ich kaum mehr die Kraft, mich auf den Beinen zu halten; um Mitternacht brachte mich Surin ins Gasthaus.

Ssaweljitsch empfing mich auf der Schwelle. Er stöhnte nur, als er die unzweideutigen Anzeichen meines Eifers im Dienste gewahrte. »Ach, junger Herr, was ist bloß mit dir?« sprach er mit weinerlicher Stimme. »Wo hast du dich so vollgeladen? Ach, mein Gott! Die Sünde!«

»Schweig, alter Knaster!« entgegnete ich, nicht ohne dabei aufzustoßen, »du bist sicher besoffen; marsch, schlafen ... und bring mich zu Bett.«

Als ich am anderen Morgen erwachte, hatte ich Kopfweh und besaß kaum mehr als eine dunkle Erinnerung an die gestrigen Ereignisse. Meine Betrachtungen wurden durch Ssaweljitsch unterbrochen, der mir eine Tasse Tee hereinbrachte. »Früh, Pjotr Andrejewitsch«, hub er an und schüttelte den Kopf, »zu früh fängst du mit dem Leichtsinn an. Und von wem hast du das bloß? Weder dein Väterchen noch dein Großväterchen waren Trinker, wie mir scheint, vom Mütterchen ganz zu schweigen; die hat zeitlebens nichts als höchstens Kwass zu trinken geruht. Und wer ist an allem schuld? Der verdammte Musjö. Ich weiß noch, wie er immer zu Antipjewna gelaufen kam: ›Madam, sche wu pri, ein Schnäpschen.‹ Da hat man's nun! Man kann wohl sagen: nichts Gescheites hat er dich gelehrt, der Hundesohn. Notwendig, einen Heiden zum Erzieher zu machen! Als wenn unser Herr keine eigenen Leute gehabt hätte!«

Ich schämte mich. Ich wendete mich ab und sagte nur: »Lass mich jetzt, Ssaweljitsch; ich will keinen Tee.« Aber es war eine unmögliche Sache, Ssaweljitsch zum Schweigen zu bringen, wenn er es sich in den Kopf gesetzt hatte, zu predigen. »Da siehst du nun, Pjotr Andrejewitsch, wie es ist, wenn man über die Schnur haut. Das Köpfchen wird einem schwer, und essen mag man auch nicht. Ein Mensch, der trinkt, taugt zu nichts ... Ich würde dir raten, eingemachte Gurken mit Honig zu nehmen, noch besser aber wäre es, ein kleines Gläschen Fruchtlikör gegen den Katzenjammer zu trinken. Soll ich dir's bringen?« In diesem Augenblick kam ein Knabe und brachte mir ein Billet von I. I. Surin. Ich entfaltete es und las folgende Zeilen:

»Mein bester Pjotr Andrejewitsch, schicke mir bitte durch meinen Burschen die hundert Rubel, die Du gestern an mich verloren hast. Ich benötige das Geld sehr.

Bereit zu Diensten *Iwan Surin*.«

Da war nichts mehr zu machen. Ich nahm eine gleichgültige Miene an und wendete mich zu Ssaweljitsch, der meines Geldes, meiner Wäsche und aller meiner Dinge Sachwalter war, und befahl ihm, dem Knaben hundert Rubel zu geben.

»Wie! und warum?« fragte der bestürzte Ssaweljitsch.

»Ich schulde sie ihm«, antwortete ich mit der größtmöglichen Kaltblütigkeit.

»Du schuldest sie ihm!« entgegnete Ssaweljitsch, dessen Bestürzung mit jedem Augenblick wuchs, »ja, wann denn, junger Herr, konntest du solche Schulden machen? Da stimmt was nicht. Doch wie du willst, Herr, aber das Geld gebe ich nicht heraus.«

Mir schoss durch den Kopf, dass, wenn es mir in dieser entscheidenden Minute nicht gelang, den eigensinnigen Alten kleinzukriegen, es mir in der Zukunft unmöglich sein würde, mich von seiner Vormundschaft zu befreien, und so sagte ich denn, indem ich ihn hochmütig anblickte, nur: »Ich bin dein Herr, du aber bist mein Diener. Das Geld ist mein. Ich habe es verspielt, weil es mir so gefiel; dir aber rate ich dringend, keine großen Reden zu führen, sondern zu tun, was dir befohlen wird.«

Ssaweljitsch war ganz starr, als er solche Worte von mir zu hören bekam, er schlug die Hände zusammen und stand wie ein Stock da.

»Was stehst du noch!« schrie ich wütend.

Ssaweljitsch brach in Tränen aus.

»Pjotr Andrejewitsch, Väterchen«, sprach er mit bebender Stimme, «lass mich nicht vor Kummer sterben. Licht meiner Augen, hör auf mich alten Mann: schreibe diesem Räuber, es sei alles nur ein Spaß gewesen und überhaupt hätten wir gar nicht so viel Geld bei uns. Einhundert Rubel! Gnädiger Gott! Sag ihm, die Eltern hätten dir auf das Allerstrengste verboten zu spielen und wenn, dann nur höchstens um Nüsse...»

«Dummes Zeug», unterbrach ich ihn streng, «her mit dem Geld oder du fliegst hinaus.»

Mit tiefem Grame blickte Ssaweljitsch mich an und ging, das Geld zu holen. Der arme Alte tat mir leid, aber ich musste auf meinem Willen bestehen, schon um ihm zu beweisen, dass ich nicht mehr das Kind sei. Surin kam zu seinem Gelde. Ssaweljitsch hingegen beeilte sich, mich so schnell wie möglich aus dem verwünschten Gasthaus fortzuschaffen. Er meldete, dass unsere Pferde bereitständen. Mit einigen Gewissensbissen und stummer Reue ließ ich Ssimbirsk hinter mir, ohne von meinem gestrigen Lehrmeister Abschied zu nehmen, denn ich hoffte, dass ich ihn nie mehr wiedersehen würde.

Die Betrachtungen unterwegs waren nicht sonderlich angenehm. Mein Verlust war, wenn man die damaligen Zeiten, berücksichtigt, nicht unbedeutend. Zudem musste ich mir innerlich eingestehen, dass mein Benehmen im Ssimbirskschen Gasthause töricht war, und ich fühlte mich Ssaweljitsch gegenüber schuldbewusst. Das bekümmerte mich. Der Alte saß von mir abgewandt düster in einer Ecke und schwieg, und nur hie und da hustete er. Ich wünschte sehr, mich mit ihm zu versöhnen, und wusste doch nicht, wie anfangen. Endlich redete ich ihn an:

«Was soll das, Ssaweljitsch! Lass gut sein, ich bin schuld; ich sehe es ein, dass ich schuld bin. Ich habe gestern dummes Zeug getrieben und dich grundlos gekränkt. Ich verspreche dir, mich in Zukunft zu bessern und dir zu folgen. Aber nun sei auch nicht mehr ärgerlich und lass uns Frieden schließen.»

«Ach, Pjotr Andrejewitsch, Väterchen!» entgegnete er mit einem Seufzer. «Ich bin auf mich selber zornig: ich allein bin es, der an allem schuld ist. Wie durfte ich dich im Gasthaus allein lassen, wie konnt' ich es nur! Aber was tun? Der Böse hat mich verführt: es kam mir in den Kopf, die Frau Küsterin aufzusuchen, die Gevatterin wiederzusehen. Jammer über Jammer! Wie soll ich in Zukunft meiner Herrschaft unter die Augen treten? Und was wird sie wohl sagen, wenn sie erfährt, dass das Kind trinkt und spielt?»

Um ihn zu trösten, gab ich dem armen Ssaweljitsch mein Wort, weiterhin ohne seine Zustimmung auch nicht über eine Kopeke zu verfügen. Nach und nach beruhigte er sich, obwohl er immer noch zuweilen mit Kopfschütteln vor sich hinknurrte: «Hundert Rubel! Wahrhaftig, keine Kleinigkeit!»

Allmählich näherten wir uns dem Orte meiner Bestimmung. Rings um uns dehnte sich eine traurige Öde, nur zuweilen von Schluchten durchschnitten und von Hügeln unterbrochen. Alles war von tiefem Schnee bedeckt. Die Sonne sank. Der Wagen folgte dem schmalen Wege oder, besser, der Spur, die ein Bauernschlitten zurückgelassen hatte. Plötzlich bemerkten wir, dass der Kutscher immer angestrengter nach einer Richtung ausschaute, schließlich zog er die Mütze und drehte sich zu mir um:

«Herr, befiehlst du nicht, umzukehren?»

«Warum denn?»

«Das Wetter gefällt mir nicht: der Wind bläst; schau, wie dort der Pulverschnee fortgeweht wird.»

«Was kümmert uns das!»

«Und dort, siehst du dort nichts?»

Der Kutscher wies mit der Peitsche nach Osten.

«Ich sehe nichts außer der weißen Steppe und dem klaren Himmel.»

«Aber dort, dort: das Wölkchen da.»

Und in der Tat, jetzt bemerkte ich am Himmelsrande ein kleines weißes Wölkchen, das ich anfangs für einen entfernten Hügel gehalten hatte. Der Kutscher erklärte mir, dieses Wölkchen kündige einen Schneesturm an.

Von den in jener Gegend herrschenden Wirbelstürmen hatte ich manches gehört und wusste auch, dass zuweilen ganze Wagenzüge von ihnen verweht worden waren. Ssaweljitsch war der gleichen Ansicht wie der Kutscher und riet zur Rückkehr. Mir jedoch kam der Wind nicht bedeutend vor: Ich hoffte, noch rechtzeitig die nächste Unterkunft zu erreichen, und befahl nur, schneller zu fahren.

Der Kutscher brachte die Pferde in Galopp, starrte aber unentwegt nach Osten. Die Pferde liefen gut. Von Stunde zu Stunde blies der Wind kräftiger. Das Wölkchen wurde zu einer weißen Wolke, die langsam aufstieg, mit jedem Augenblick wuchs und allmählich den ganzen Himmel bedeckte. Ein feiner Schnee fiel, plötzlich aber kam er in dicken Flocken herunter. Der Wind heulte; ein Schneewirbel erhob sich. In einem Augenblick waren der Himmel und das Schneemeer miteinander verschmolzen. Man sah nicht mehr die Hand vor den Augen.

«Herr», schrie der Kutscher, «das Unglück ist da: das ist der Schneesturm!»

Ich steckte den Kopf hinaus: alles war Nacht und Wirbelsturm. Der Wind heulte mit wütender Kraft. Ssaweljitsch und ich waren sogleich von Schnee bedeckt; die Pferde fielen in Schritt und blieben bald darauf ganz stehen.

«Warum fährst du nicht weiter?» herrschte ich den Kutscher ungeduldig an.

«Wohin fahren?» entgegnete er und kletterte vom Bock, «wir haben uns ohnehin verirrt: wir sind vom Weg abgekommen, und dabei ist es ringsum stockdunkel.»

Ich schalt ihn aus. Aber Ssaweljitsch verteidigte ihn. «Warum hörtest du nicht auf uns», murrte er ärgerlich, «wären wir lieber zum Gasthof zurückgefahren, dort hätten wir Tee bekommen und ein Nachtlager bis zum nächsten Morgen, der Sturm hätte sich unterdessen gelegt, und wir wären weitergefahren. Wozu die Eile? Wir fahren ja nicht zur Hochzeit!» Ssaweljitsch hatte freilich recht. Aber jetzt war nichts mehr zu ändern. Ununterbrochen stürzten Schneemassen herunter. Neben unserem Wagen bildete sich eine Schneewehe. Die Pferde standen, den Kopf gesenkt, und bebten nur ab und zu. Der Kutscher ging auf und ab; da er sonst nichts tun konnte, machte er sich am Geschirr zu schaffen. Ssaweljitsch brummte; ich schaute nach allen Seiten aus, denn ich hoffte, irgendwo die Andeutung eines Hauses oder eines Weges zu erblicken, aber es war nichts zu erkennen, nur das Wirbeln des Schneesturmes ... Plötzlich gewahrte ich etwas Dunkles.

«He!» schrie ich, «Kutscher! Schau mal: was mag das Schwarze dort sein?»

Der Kutscher sah hin.

«Weiß Gott, Herr, was es ist», sagte er und setzte sich wieder auf seinen Bock, «ein Wagen ist es nicht, ein Baum auch nicht, aber mir scheint, es bewegt sich. Wahrscheinlich ist es ein Wolf oder vielleicht ein Mensch.»

Ich befahl, auf den unbekannten Gegenstand zuzufahren, und sogleich bewegte sich dieser uns entgegen. Nach zwei Minuten hielten wir vor einem Menschen.

«Heda, Freund!» schrie ihm der Kutscher zu, «sag mal, weißt du vielleicht, wo der Weg ist?»

«Der Weg ist hier; ich stehe auf festem Boden», entgegnete der Wanderer, «und was soll es?»

«Hör mal, Bäuerchen», redete ich ihn an, «ist dir diese Gegend bekannt? Würdest du es unternehmen, uns bis zum nächsten Nachtquartier zu bringen?»

«Freilich ist mir die Gegend bekannt», versetzte der Fremde, «ich habe sie kreuz und quer durchwandert, zu Fuß sowohl als auch zu Pferde. Bei diesem Unwetter freilich ist es nicht so einfach: da kommt man im Handumdrehen vom Wege. Besser, wir bleiben, wo wir sind, und warten ab, einmal muss der Sturm ja doch nachlassen, und der Himmel wird sich wieder aufklären: dann zeigen die Sterne uns den Weg.»

Seine Kaltblütigkeit flößte mir Zuversicht ein. Und schon hatte ich mich entschlossen, mich in Gottes Ratschluss zu ergeben und die Nacht inmitten der Steppe zu verbringen, als der Wanderer sich plötzlich geschwind auf den Bock schwang und dem Kutscher zurief:

«Nun, Gott sei Dank, ein Haus ist nicht mehr weit; bieg nach rechts ab und fahr zu.»

«Warum denn nach rechts?» fragte missvergnügt der Kutscher. «Wo siehst du einen Weg? Du meinst wohl, weil es fremde Pferde sind und fremdes Geschirr, man könnte nur so drauflosfahren?»

Die Worte des Kutschers schienen mir verständig zu sein.

«In der Tat», warf ich ein, «woraus schließt du, dass ein Haus nicht mehr fern ist?»

«Der Wind blies vorhin von dort», antwortete der Wanderer, «und mit ihm kam ein Rauchgeruch; also muss ein Dorf in der Nähe sein.»

Seine Auffassungskraft und die Feinheit seines Instinkts setzten mich in Erstaunen. Ich befahl dem Kutscher zu fahren. Im tiefen Schnee kamen die Pferde nur schwerfällig vorwärts. Der Wagen bewegte sich nur langsam, bald ging es einen Schneehügel hinan, bald wieder glitten wir in eine Schlucht, wir schwankten beständig von der einen auf die andere Seite. Ssaweljitsch ächzte, denn jede Minute prallten wir aufeinander. Es war wie die Fahrt eines Schiffes auf stürmischem Meere. Ich zog die Schutzdecke herab, wickelte mich fest in den Pelz und schlummerte allmählich ein, vom Heulen des Sturmes und dem Schaukeln unserer langsamen Fahrt eingewiegt.

Damals kam mir jener Traum, den ich nie wieder vergessen konnte, da ich in ihm, wenn ich ihn mit den weiteren sonderbaren Ereignissen meines Lebens vergleiche, auch noch heute etwas Prophetisches erblicken muss. Der Leser wird mich entschuldigen, denn vermutlich weiß er aus Erfahrung, wie sehr es Menschenart ist, sich dem Aberglauben hinzugeben, mag man auch noch so spöttisch all solchen Vorurteilen gegenüberstehen.

Ich befand mich in jenem Dämmerzustand der Sinne und des Geistes, da die Wirklichkeit, den Traumgesichten nachgebend, mit ihnen in den undeutlichen Erscheinungen des ersten Schlafes verschmilzt. Und so war mir denn, der Schneesturm wütete noch immer und wir irrten noch immer durch die Schneewüste. Plötzlich war da ein Tor, und ich fuhr in den

Herrenhof unseres Gutes. Mein erster Gedanke war die Besorgnis, der Vater könnte die unfreiwillige Rückkehr ins Elternhaus übel vermerken und sie gar für absichtlichen Ungehorsam halten. Besorgt springe ich aus dem Wagen, allein da sehe ich auch schon: meine Mutter steht in der Tür und begrüßt mich mit bekümmertem Ausdruck. «Still», sagt sie zu mir, «Vater ist krank, er liegt im Sterben, er wünscht, von dir Abschied zu nehmen.» In angstvoller Bestürzung folge ich ihr ins Schlafzimmer. Ich gewahre, dass das Zimmer nur schwach erleuchtet ist. Am Bett stehen Menschen, und ihre Gesichter blicken traurig. Leise nähere ich mich dem Bett; Mutter schlägt die Decke zurück und sagt: «Andrej Petrowitsch, unser Petruscha ist da; er kehrte zurück, als er von deiner Krankheit erfuhr; nun segne ihn.» Da kniete ich nieder und sah den Kranken an. Doch war das nicht sonderbar? Es war gar nicht mein Vater, es war ein Bauer, der dort im Bett lag, sein Bart war schwarz, und munter blickte er mich an. Das konnte ich nicht verstehen, wendete mich zur Mutter und fragte: «Was bedeutet das? Dies ist nicht der Vater. Und aus was für einem Grunde soll ich mir den Segen dieses Bauern erbitten?» -- «Einerlei, Petruscha», entgegnete die Mutter, «er ist hier an Vaters statt; küss ihm die Hand, und mag er dich segnen...» Allein ich war damit nicht einverstanden. Da sprang der Bauer aus dem Bette, packte ein Beil, das hinter seinem Rücken versteckt war, und fuchtelte damit nach allen Seiten. Ich wollte fliehen -- und konnte es nicht; das Zimmer füllte sich mit Leichnamen; ich stolperte über Leiber und glitt in Blutpfützen aus... Der fürchterliche Bauer aber rief mich freundlich an und sprach: »Fürchte dich nicht, komm nur und lass dich segnen...« Ich war von Grauen und Zweifel überwältigt... Und in dem Augenblick muss ich aufgewacht sein; die Pferde standen; Ssaweljitsch hatte meine Hand ergriffen und sagte gerade: »Steig nur aus, Herr, wir sind angekommen.«

»Wo angekommen?« fragte ich und rieb mir die Augen. »Vor einem Wirtshaus. Gott hat uns geholfen, wir stießen gerade auf die Umzäunung. Steig schnell aus, Herr, damit du warm wirst.«

Ich stieg aus dem Wagen. Der Schneesturm hielt noch an, obwohl seine Wut etwas nachgelassen hatte. Es war so dunkel, dass man die Hand vor den Augen nicht sah. Am Tor stand der Gastwirt, er leuchtete uns mit einer Laterne und führte uns in die Wirtsstube, die eng, aber ziemlich sauber war; ein brennender Kienspan beleuchtete sie. An der Wand hing eine Büchse und die hohe Mütze der Kosaken.

Der Wirt, ein Kosak, schien ein Mann von einigen Sechzig zu sein, obwohl er noch einen frischen und rüstigen Eindruck machte. Ssaweljitsch folgte mir auf dem Fuß und fragte nach Feuer, da er einen Tee bereiten wollte, der mir noch nie so notwendig erschienen war wie eben jetzt. Der Wirt ging hinaus, um alles zu besorgen.

»Und wo steckt denn unser Führer?« fragte ich Ssaweljitsch. »Hier, Euer Gnaden«, entgegnete eine Stimme, die von oben kam. Ich blickte auf und sah einen schwarzen Bart und zwei funkelnde Augen auf dem Lager über dem breiten Ofen. »Na, Bruder, tüchtig durchgefroren?«

»Wie soll man nicht frieren, wenn man nur einen schäbigen Kittel anhat? Ein Schafspelz war zwar einmal da, aber wozu es verhehlen -- er blieb gestern Abend in der Schenke hängen: die Kälte schien mir nicht arg zu sein.«

In diesem Augenblick kam der Wirt mit dem dampfenden Samowar; ich schlug unserem Führer vor, eine Tasse Tee mit uns zu trinken; er kletterte sogleich von seinem Lager herunter. Sein Äußeres kam mir bemerkenswert vor. Er mochte in den Vierzigern stehen und war von mittlerem Wuchse und trotz seiner Magerkeit breitschultrig. In seinem schwarzen Bart zeigten sich einzelne graue Haare; seine lebhaften großen Augen waren in beständiger Bewegung. Sein Gesicht war angenehm, hatte jedoch einen listigen Ausdruck. Sein Haar war rings um den Kopf geschoren; seine Kleidung bestand aus einem zerfetzten Kittel und den breiten Pluderhosen der Tataren. Ich gab ihm eine Tasse Tee; er nahm einen Schluck und schnitt eine Grimasse. »Euer Gnaden, erweisen Sie mir die Freundlichkeit ... lassen Sie mir ein Glas Schnaps geben; Tee ist nichts für Kosaken.« Sein Wunsch wurde von mir sofort erfüllt. Der Wirt hatte Flasche und Glas bei der Hand, näherte sich ihm und sah ihm dabei ins Gesicht. »Oho«, sagte er dann, »da bist du also wieder in unserem Ländchen? Von wo des Weges?« Aber mein Führer zwinkerte ihm nur bedeutungsvoll zu und antwortete mit allerhand Redensarten. »Im Küchengarten hab ich Hanf gepickt; Großmütterchen warf einen Stein nach mir, aber ungeschickt. Und wie geht's bei euch?«

»Wie soll's bei uns gehen!« entgegnete der Wirt und setzte das unverständliche Gespräch fort: »Sie wollten läuten zum Abendgebet, die Popenfrau hat's nicht erlaubt: der Pope ist auswärts zu Gast, und im Kirchspiel sind die Teufel los.«

»Geduld, Onkelchen«, entgegnete mein Landstreicher, »wenn es regnet, gibt es Pilze; wenn es Pilze gibt, gibt's auch Körbe; jetzt aber« (und hier kam sein Zwinkern aufs Neue) »das Beil hintern Rücken: der

Förster geht im Walde. Euer Gnaden, zur Gesundheit!«

Bei diesen Worten nahm er sein Glas, bekreuzigte sich und trank es in einem Zuge leer, darauf machte er mir eine Verbeugung und kroch wieder auf sein Lager.

Ich konnte damals aus dem Rotwelsch, das sie sprachen, nicht klug werden, und erst viel später erriet ich, dass es sich um die Angelegenheiten der Jaïkschen Truppen handelte, welche zu der Zeit eben erst nach ihrem Aufruhr vom Jahre 1772 zur Räson gebracht worden waren. Ssaweljitsch hörte zu, wobei sein Gesicht einen höchst unzufriedenen Ausdruck annahm. Mit lebhaftem Argwohn heftete er seine Augen bald auf den Wirt und bald wieder auf unseren Führer. Die Herberge lag weitab von jeder Ansiedlung in der Steppe und machte eigentlich den Eindruck einer Räuberschenke. Allein das ließ sich jetzt nicht ändern. Es war nicht daran zu denken, die Reise fortzusetzen. Ssaweljitschs Unruhe machte mir großen Spaß. Ich meinerseits traf alle Anstalten für die Nacht und legte mich auf die Bank. Ssaweljitsch entschloss sich, auf den Ofen zu klettern; der Wirt streckte sich auf den Fußboden aus. Und schon bald darauf schnarchte die ganze Hütte, und auch ich schlief ein wie tot.

Als ich am anderen Morgen ziemlich spät erwachte, sah ich, dass der Sturm sich gelegt hatte. Die Sonne schien. Auf der unabsehbaren Steppe lag der Schnee wie ein blendendes Leintuch. Die Pferde waren schon angespannt. Ich machte meine Rechnung mit dem Wirte, und dieser forderte eine so geringe Bezahlung von uns, dass selbst Ssaweljitsch, der seiner Gewohnheit nach immer feilschen musste, keine Einwände erhob und sich den Verdacht von gestern völlig aus dem Kopf schlug. Darauf rief ich den Führer, dankte ihm für den erwiesenen Beistand und befahl Ssaweljitsch, ihm einen halben Rubel für Schnaps zu geben. Ssaweljitsch wurde finster. »Einen halben Rubel Trinkgeld!« murrte er, »und wofür das? Etwa dafür, dass du die Güte hattest, ihn auf deinem Wagen zum Wirtshaus zu bringen? Wie du willst, Herr, aber wir haben leider keine überflüssigen halben Rubel. Jedem ein Trinkgeld geben, bedeutet selber bald Hunger leiden.« Streiten mit Ssaweljitsch wollte ich nicht. Meinem Versprechen gemäß hatte Ssaweljitsch das volle Verfügungsrecht über die Gelder. Aber andererseits war es mir unangenehm, dass ich dem Menschen, der uns wenn nicht gar aus dem Unheil, so doch zum Mindesten aus einer äußerst unerquicklichen Lage befreit hatte, nicht meine Dankbarkeit erweisen konnte.

»Nun gut«, sagte ich kaltblütig, »du willst ihm keinen halben Rubel geben, dann wirst du ihm eben etwas von meinen Kleidern heraussuchen müssen. Er ist viel zu leicht gekleidet. Gib ihm meinen Hasenpelz.«

»Um Gottes willen, Pjotr Andrejewitsch, Väterchen!« erwiderte Ssaweljitsch, »deinen Hasenpelz? Er wird ihn ja doch nur im nächsten Wirtshaus versaufen, der Hund.«

»Das, mein Alterchen, ist nicht deine Sache«, entgegnete mein Landstreicher, »ob ich ihn versaufe oder nicht. Seiner Gnaden hat es beliebt, mir den Pelz zu schenken; das ist sein gutes Herrenrecht, du aber hast als Diener die Pflicht, das Maul zu halten und zu gehorchen.«

»Oh, du Gottloser, du Räuber!« entgegnete Ssaweljitsch aufgebracht, »du siehst doch, dass das Kind noch zu wenig Verstand hat, aber du freust dich dessen, um es ganz und gar auszuplündern. Was brauchst du einen Herrschaftspelz? Du wirst ihn ja nicht einmal über deine verdammten Schultern bringen.« »Kein so langes Gerede!« sagte ich zu meinem Erzieher, »bring den Pelz her.«

»Herr, mein Gott!« Ssaweljitsch stöhnte. »Der Hasenpelz ist fast neu! Und wenn noch jemand Rechtes ihn bekäme, aber so ein abgerissener Trunkenbold!«

Dennoch erschien der Hasenpelz. Das Bäuerlein schickte sich sogleich an, ihn anzuprobieren. In Wahrheit, der Pelz, aus dem auch ich bereits herausgewachsen war, erwies sich für ihn als ein wenig eng. Allein er wusste Rat und brachte es dennoch fertig, nachdem er die Nähte etwas gelockert hatte, ihn anzuziehen. Als Ssaweljitsch das Krachen der Nähte vernahm, heulte er fast auf. Der Landstreicher war von meinem Geschenk außerordentlich befriedigt. Er gab mir bis zum Wagen das Geleit und sagte mit einer sehr tiefen Verbeugung: »Vielen Dank, Euer Gnaden! Möge Gott Sie für Ihre Wohltat belohnen. Mein Leben lang werde ich der Freundlichkeit gedenken.« Damit ging er seines Weges, und auch ich gab das Zeichen zur Abfahrt, ohne erst Ssaweljitsch sonderlich zu beachten, und bald darauf hatte ich den gestrigen Schneesturm, den Führer und den Hasenpelz vergessen.

In Orenburg angekommen, begab ich mich schnurstracks zum General. Er war ein Mann von hohem Wuchse, wenn auch das Alter ihn schon gebeugt hatte. Sein langes Haar war völlig weiß. Seine alte, verblichene Uniform erinnerte an die Zeit der Kaiserin Anna, seine Aussprache war stark mit deutschem Akzent durchsetzt. Ich überreichte ihm den Brief meines Vaters. Als er den Namen hörte, sah er mich überrascht an. »Du mein Gott!« versetzte er, »ist es denn schon so lange her, dass Andrej Petrowitsch noch in deinem Alter war, und nun hat er schon einen so großen Jungen! Du liebe Zeit!«

Er erbrach den Brief und las ihn halblaut, indem er hin und wieder seine Bemerkungen einflocht. »›Sehr geehrter Herr Andrej Kirillowitsch, ich hoffe, dass Eure Exzellenz...‹ Was das wieder für Zeremonien sind! Pfui, und schämt er sich denn nicht? Gewiss, die Disziplin ist die Hauptsache, aber schreibt man etwa so einem alten Kameraden?... ›Eure Exzellenz haben gewiss nicht vergessen ...‹ hm ... › und ... als... vom verstorbenen Feldmarschall Mün... im Feldzuge... gleichfalls auch... Karolinen...‹ I, Bruder! Also gedenkt er noch unserer alten Streiche! ›Doch nun zu meinem Anliegen... zu Ihnen meinen Taugenichts...‹ hm ... ›in Stachelhandschuhen zu halten ...‹ Was ist denn das, Stachelhandschuhe? Das ist sicher eine russische Redewendung... Was heißt das, jemanden in Stachelhandschuhen halten?« wiederholte er, sich zu mir wendend.

»Das heißt«, antwortete ich, indem ich mir ein möglichst unschuldiges Aussehen gab, »freundlich mit jemandem umgehen, nicht allzu streng mit ihm sein, ihm möglichst viel Freiheit lassen, kurz, ihn in Stachelhandschuhen halten.« »Hm, verstehe! ›... und ihm keine Freiheit lassen...‹ Nein, die Stachelhandschuhe scheinen doch etwas anderes zu bedeuten... ›Gleichzeitig... seinen Pass...‹ Wo ist denn der? Aha ... ›Aus den Ssemjonowschen Regimentslisten streichen...‹ Schon gut, schon gut, wird alles besorgt... ›Du erlaubst, dass ich Dich ohne alle Titel umarme und... Dein alter Kamerad und Freund...‹ Ah! hat er sich's doch zum Schluss überlegt... und so weiter, und so weiter... Und nun, mein Lieber«, sagte er, als er mit der Lektüre des Briefes zu Ende war und meinen Pass weggelegt hatte,

»es wird alles besorgt werden: du wirst als Offizier zum Regiment versetzt werden und reisest, um keine Zeit zu versäumen, schon morgen nach der Bjelogorskschen Festung ab, dort wirst du unter dem Kommando des Hauptmanns Mironow stehen, der ein wackerer und ehrlicher Mann ist. Dort wirst du sehen, was wirklicher Dienst ist, und wirst Disziplin lernen. In Orenburg hast du nichts verloren, Vergnügungen sind jungen Leuten nur schädlich. Für heute aber bitte ich dich, zum Mittagessen mein Gast zu sein.«

Das wird ja schlimmer von Stunde zu Stunde! sagte ich mir innerlich, was hat es mir geholfen, dass ich beinahe im Mutterleibe schon Sergeant der Garde war! Wohin hat es mich gebracht? In ein Regiment, in die ödeste Festung und an die Grenze der Kirgisensteppen!... So speiste ich denn bei Andrej Kirillowitsch, zu dritt mit seinem alten Adjutanten, zu Mittag. Bei Tisch herrschte strenge deutsche Sparsamkeit, und ich glaube fast, dass die Angst, zuweilen einen Gast an seiner Junggesellentafel sehen zu müssen, dazu beigetragen hatte, dass ich mit solcher Eile in die Garnison weitergeschickt wurde. Und so verabschiedete ich mich denn am darauffolgenden Tage vom General und begab mich mit Ssaweljitsch an den Ort meiner Bestimmung.

Die Festung Bjelogorsk lag vierzig Werst von Orenburg. Die Straße führte am steilen Ufer des Jaïk entlang. Der Fluss war noch nicht zugefroren, und das bleifarbige Wasser dunkelte melancholisch zwischen den verschneiten Ufern. Jenseits von da erstreckten sich die kirgisischen Steppen. Düstere Gedanken überkamen mich. Ich versuchte mir ein Bild meines zukünftigen Kommandanten Hauptmann Mironow zu machen. Er kam mir als ein strenger und grimmiger alter Mann vor, der von nichts außer seinem Dienst etwas wissen wollte und durchaus die Absicht hatte, mich wegen jeder Kleinigkeit bei Wasser und Brot in Arrest zu setzen. Die Dämmerung brach derweilen herein. Wir fuhren ziemlich schnell. »Ist es noch weit bis zur Festung?« fragte ich meinen Kutscher. »Nicht weit«», entgegnete er, »dort sieht man sie schon.« Allein so sehr ich auch in der Erwartung, drohende Bastionen zu gewahren, Türme und einen Wall, nach allen Seiten Umschau hielt, ich sah nichts außer einem Dorf, umgeben von einem Palisadenzaun. Außerdem erblickte ich noch auf der einen Seite drei oder vier vom Schnee fast verwehte Heuschober und auf der anderen eine schiefstehende Windmühle, deren Bastflügel träge ruhten. »Ja, wo ist denn die Festung?« fragte ich verwundert. »Das ist sie doch«, erwiderte der Kutscher und wies auf das Dörfchen, und schon waren wir auch da. Am Tor gewahrte ich eine alte, eiserne Kanone; die Straßen waren eng und krumm, die Häuser niedrig und fast alle mit Stroh gedeckt. Ich befahl, mich zum Kommandanten zu fahren, und nach einer Minute hielten wir vor einem kleinen Holzhaus, das in der Nähe einer Kirche, die gleichfalls aus Holz war, auf einer kleinen Anhöhe stand. Niemand kam heraus, um mich zu empfangen. So trat ich denn in den Hausflur und öffnete die Tür zum Vorzimmer. Dort saß ein alter Invalide auf einem Tisch und nähte einen blauen Flicken auf den Ellbogen einer grünen Uniform. Ich bat ihn, mich anzumelden. »Nur hereinspaziert, Väterchen«, entgegnete der Invalide, «wir sind zu Hause.» Ich trat in ein kleines, aber sauberes Zimmer, das ganz nach alter Sitte eingerichtet war. In der Ecke stand der Schrank mit Tellern und Tassen, das Offiziersdiplom hing eingerahmt und unter Glas an der Wand; daneben hingen einige einfache Bilder, wie man sie auf den Jahrmärkten kauft, die Einnahme von Küstrin und von Otschakow, die Brautwahl und das Begräbnis eines Katers. Am Fenster saß eine alte Frau, die eine warme Wolljacke trug und ein Tuch um den Kopf. Sie wickelte Garn auf, dessen Strähnen um die gespreizten Finger eines alten, einäugigen Mannes in Offiziersuniform geschlungen waren. «Was steht in Ihrem Belieben, Väterchen?» fragte sie. Ich entgegnete, dass ich gekommen sei, meinen Dienst hier anzutreten, und dass ich mich pflichtschuldigst dem Herrn Hauptmann vorstellen wolle, und wendete mich dabei zu dem einäugigen Alten, da ich ihn für den Kommandanten hielt; aber die Hausfrau unterbrach meine wohleinstudierte Rede. «Iwan Kusjmitsch ist ausgegangen», sagte sie, «er ist zu Gast beim Priester Gerassim; allein das hat nichts zu sagen, mein Bester, denn ich bin seine Frau. Fühl dich, bitte, wie zu Hause. Und nimm Platz, Väterchen.» Hierauf rief sie das Mädchen und befahl ihr, den Kosakenunteroffizier zu holen. Der Alte musterte mich derweilen neugierig mit seinem einsamen Auge. «Darf ich mir gestatten, zu fragen», sagte er endlich, «in welchem Regiment Sie bisher gedient haben?» Ich befriedigte seine Neugierde. «Und darf ich mir ferner gestatten, zu fragen», fuhr er fort, «aus welchem Grunde Sie sich aus der Garde in die Garnison versetzen ließen?» Ich entgegnete ihm, dies sei auf Veranlassung meiner Vorgesetzten geschehen. «Dann ist wohl die Vermutung erlaubt, dass der Grund hierzu in Handlungen lag, die einem Offizier der Garde nicht wohl anstanden?» fuhr der unermüdliche Ausfrager fort. -- «Hör auf mit dem Geschwätz», fiel ihm die Hauptmannsfrau ins Wort, «du siehst doch, dass der junge Mann von der Reise ermüdet ist; du langweilst ihn... und halt überhaupt die Arme gerader... Du aber, mein Väterchen», sprach sie darauf weiter, und zwar zu mir, «sollst nicht zu bekümmert darüber sein, dass man dich in unsere Einöde verbannt hat. Du bist nicht der Erste und wirst auch nicht der Letzte sein. Kommt Zeit, kommt Rat. Da ist Alexej Iwanowitsch Schwabrin, es ist nun bereits fünf Jahre her, dass er wegen eines Totschlags zu uns versetzt wurde. Weiß Gott, was es für eine Versuchung war, die ihm den Verstand geraubt hatte; bedenk nur, er fuhr mit einem Leutnant vor die Stadt, und sie nahmen ihre Degen mit sich und stachen dort aufeinander los, und richtig hat auch Alexej Iwanowitsch den Leutnant erstochen, und dazu vor zwei Zeugen! Was soll man da sagen? Wir sind allzumal Sünder.»

In diesem Augenblick trat der Unteroffizier ein, ein junger stattlicher Mensch.

«Maximytsch!» redete ihn die Hauptmannsfrau an, «der Herr Offizier braucht eine Wohnung, aber eine ordentliche.»

«Zu Befehl, Wassilissa Jegorowna», antwortete der Unteroffizier. «Wie wäre es, wenn man Seine Gnaden bei Iwan Poleschajew unterbrächte?»

«Dummes Zeug, Maximytsch», sagte die Hauptmannsfrau, «bei Poleschajew ist ohnehin zu wenig Platz; zudem ist er mein Gevatter und weiß, dass wir seine Vorgesetzten sind. Bring den Herrn Offizier... wie redet man Sie übrigens an, mein Lieber?»

«Pjotr Andrejewitsch.»

«Also bringe Pjotr Andrejewitsch zu Ssemjon Kusow. Er ist ein Gauner, er hat sein Pferd in meinen Gemüsegarten gelassen. Hast du sonst noch was zu berichten, Maximytsch?»

«Gottlob, alles in Ordnung», entgegnete der Kosak, «der Korporal Prochorow hat sich mit Ustinja Negulina in der Badstube wegen eines Kübels heißen Wassers geprügelt.»

«Iwan Ignatjewitsch!» -- die Hauptmannsfrau wandte sich mit diesen Worten zu dem einäugigen Alten -- «verhör den Prochorow und die Ustinja und schau, wer von beiden recht hat und wer schuldig ist. Und bestrafe mir beide. Du kannst jetzt gehen, Maximytsch. Pjotr Andrejewitsch, Maximytsch wird Ihnen Ihr Quartier anweisen.»

Ich empfahl mich. Der Unteroffizier führte mich zu einem Bauernhaus, das auf dem abschüssigen Flussufer am äußersten Ende der Festung stand. Die Hälfte des Hauses wurde von Ssemjon Kusow und seiner Familie bewohnt, die andere Hälfte wurde mir eingeräumt. Sie bestand aus einem ziemlich anständigen Zimmer, das durch einen Verschlag in zwei Räume abgeteilt war. Ssaweljitsch machte sich sofort daran, alles einzurichten; ich aber schaute durchs kleine Fenster. Vor mir erstreckte sich unübersehbar die traurige Steppe. Quer gegenüber standen einige arme Hütten; auf der Straße spazierten nur einzelne Hühner. Vor einer Tür stand eine alte Frau mit einem Troge und lockte ihre Schweine, die mit freundschaftlichem Grunzen ihr Kommen ankündigten. Das war also der Ort, in dem ich meine Jugend verbringen sollte! Es wurde mir schwer ums Herz; ich trat vorn Fenster weg und legte mich nieder, ohne zu Abend gegessen zu haben, und achtete nicht auf die Ermahnungen Ssaweljitschs, der in einem fort mit großer Bekümmernis wiederholte: «Herr, mein Gott! Gar nichts essen? Was wird die gnädige Frau dazu sagen, wenn unser Kind krank wird?»

Tags darauf, ich war eben im Begriff, mich anzuziehen, öffnete sich plötzlich meine Tür und ein junger Offizier trat ins Zimmer, er war ziemlich klein, sein Gesicht war dunkel und von einer besonderen Hässlichkeit, obwohl er außerordentlich lebendig war.

«Verzeihen Sie», sagte er auf Französisch, «dass ich so formlos hier eindringe, um mit Ihnen bekannt zu werden. Ihre Ankunft wurde mir gestern mitgeteilt; der Wunsch, endlich wieder das Gesicht eines Menschen zu sehen, war so groß, dass ich mich nicht mehr bezähmen konnte. Sie werden das verstehen, wenn Sie erst einige Zeit hier gelebt haben.» Ich erriet natürlich sogleich, dass dies der Offizier war, der eines Duells wegen aus der Garde gestrichen worden war. Wir wurden schnell miteinander bekannt. Schwabrin war sehr gescheit. Was er sprach, war stets witzig und fesselnd. Sehr spaßhaft schilderte er mir das Haus des Kommandanten, aber auch die Leute und überhaupt die Gegend, in die das Schicksal mich verschlagen hatte. Ich lachte hell auf, als jener Invalide, der im Vorzimmer des Kommandanten die Uniform geflickt hatte, eintrat; er lud mich im Auftrage Wassilissa Jegorownas ein, mit ihnen zu Mittag zu speisen. Schwabrin schloss sich mir aus freien Stücken an.

Als wir uns dem Hause des Kommandanten näherten, sahen wir auf dem Platze davor einige zwanzig uralte Invaliden, sie trugen lange Zöpfe und eine Art von Dreimaster. Sie waren in einer Front aufgestellt. Vor ihnen stand der Kommandant, ein rüstiger und hochgewachsener alter Mann, in einer Nachtmütze und einem Nankingschlafrock. Er sah uns, trat auf uns zu und richtete einige freundliche Worte an mich, darauf kommandierte er weiter. Wir wollten eigentlich stehen bleiben, um zuzuschauen, aber er ersuchte uns, zu Wassilissa Jegorowna ins Haus zu gehen, wohin er uns bald zu folgen versprach. «Denn hier», fügte er hinzu, «haben Sie nichts verloren.»

Wassilissa Jegorowna begrüßte uns schlicht und freundlich, sie behandelte mich wie einen alten Bekannten. Der Tisch wurde von dem Invaliden und von

Palaschka gedeckt. «Warum hat sich denn mein Iwan Kusjmitsch heute so aufs Exerzieren verlegt!» meinte die Kommandantin. «Palaschka, bitte den Herrn zu Tisch. Und wo steckt denn Mascha?» Die Tür ging auf und sie kam herein; sie mochte etwa achtzehn Jahre alt sein, ihr rosiges Gesicht war rundlich, das lichtblonde Haar war glatt zurückgekämmt und ließ die Ohren frei, die nur so glühten. Ich kann nicht sagen, dass sie mir auf den ersten Blick sehr gefiel. Ich war gegen sie ein wenig voreingenommen: nach Schwabrins Schilderung war Mascha, die Tochter des Hauptmanns, ein vollendetes Gänschen. Marja Iwanowna setzte sich in eine Ecke und begann zu nähen. Bald darauf kam die Suppe. Wassilissa Jegorowna, die immer noch nicht die Schritte ihres Mannes hörte, schickte Palaschka zum zweiten Male hinaus, ihn zu holen. «Sage dem Herrn: die Gäste warten, und die Suppe wird kalt; das Exerzieren läuft, gottlob, nicht weg; und anschreien kann er sie auch noch das nächste Mal.» Bald darauf erschien denn auch der Hauptmann, begleitet von dem einäugigen Alten.

«Was ist denn das mit dir, mein Väterchen?» sagte die Frau zu ihm, «das Essen steht längst auf dem Tisch, aber du kommst einfach nicht.»

«Ja hör mal, Wassilissa Jegorowna», entgegnete Iwan Kusjmitsch, «das ist eben der Dienst: ich muss doch meinen Soldaten was beibringen.»

«Auch was Rechtes», widersprach ihm seine Frau, «alles Prahlerei, dass du den Soldaten was beibringst: weder kapieren sie den Dienst, noch verstehst du viel davon. Sitz lieber zu Hause und bete, das wäre gescheiter. Werte Gäste, ich bitte, Platz zu nehmen.»

Wir setzten uns zu Tisch. Wassilissa Jegorowna schwieg auch nicht für einen Augenblick, sie überschüttete mich mit Fragen: wer meine Eltern seien, ob sie noch am Leben seien, wo sie lebten und welches Vermögen sie besäßen? Als sie vernahm, dass mein Vater an die dreihundert Leibeigene habe, meinte sie: «Du meine Güte! Was für reiche Leute es doch auf der Welt gibt! Wir hingegen, mein Väterchen, haben nur diese eine Dirne Palaschka; trotzdem leben wir, Gott sei's gedankt, schlecht und recht. Das eine nur ist schlimm: die Mascha da, die ist nun herangewachsen, aber was ist ihre Mitgift? Ein dichter Kamm, eine Birkenrute und (Gott verzeih mir's!) ein Groschen, um in die Badstube zu gehen. Es wäre ein Glück, wenn sich ein guter Mensch fände, sonst wird sie als ewige Braut eine alte Jungfer werden.» Ich blickte Marja Iwanowna an: sie war über und über errötet, und Tränen fielen auf ihren Teller nieder. Sie tat mir leid, und so beeilte ich mich denn, dem Gespräch eine andere Wendung zu geben.

«Ich hörte», sagte ich, obwohl es durchaus nicht angebracht war, «die Baschkiren rüsten, um die Festung zu überfallen.»

«Wer, Väterchen, hat dir das gesagt?» fragte Iwan Kusjmitsch.

«In Orenburg bekam ich das zu hören», erwiderte ich.

«Gerede!» meinte der Kommandant, «wir haben hier schon lange nichts dergleichen gehört. Die Baschkiren sind eingeschüchtert, und auch die Kirgisen haben ihre Lektion erhalten. Keine Angst, die gehen nicht mehr auf uns los; und sollten sie es doch tun, dann werden sie einen Denkzettel von mir bekommen, der sie auf zehn Jahre kusch machen wird.»

«Und fürchten Sie sich nicht», fuhr ich fort, indem ich mich diesmal an die Frau des Hauptmanns wendete, «in einer Festung zu bleiben, die derartigen Gefahren ausgesetzt ist?»

«Alles Gewohnheit, mein Väterchen», antwortete sie. «Das mag nun wohl zwanzig Jahre her sein, dass man uns aus dem Regiment hierher versetzte, damals, mein Gott, wie habe ich mich vor den verruchten Heiden gefürchtet! Damals, wenn ich nur ihre Luchsmützen zu Gesicht bekam oder gar ihr schrilles Heulen hörte, ob du es nun glaubst oder nicht, mein Lieber, das Herz im Leibe blieb mir stehen! Heute jedoch ist es mir bereits so zur Gewohnheit geworden, dass ich mich nicht vom Fleck rühren würde, wenn jemand käme und mir sagte, die Kerle strichen wieder um die Festung herum.»

«Wassilissa Jegorowna ist eine überaus tapfere Dame», warf Schwabrin sehr ernsthaft ein, «Iwan Kusjmitsch kann das bezeugen.»

«Ja, hör mal», bestätigte Iwan Kusjmitsch, «die Frau gehört nicht zu der verzagten Kompanie.»

«Aber Marja Iwanowna?» fragte ich weiter, «ist sie ebenfalls so mutig wie Sie?»

«Ob Mascha Mut hat?» entgegnete die Mutter. «Nein, Mascha ist ein Hasenfuß. Es ist ihr bis heute schrecklich, einen Flintenschuss zu hören, gleich erbebt sie und zittert. Als damals vor zwei Jahren Iwan Kusjmitsch zur Feier meines Namenstages unsere Kanone abfeuern ließ, da begab sie, unser Täubchen, sich vor Schrecken fast in eine andere Welt. Seither wird die verdammte Kanone nicht mehr benutzt.«

Wir erhoben uns. Der Hauptmann und seine Frau begaben sich zur Ruhe; ich aber ging zu Schwabrin und verbrachte mit ihm den ganzen Abend.

So vergingen einige Wochen, und mein Leben in der Festung Bjelogorsk wurde allmählich nicht nur erträglich, sondern sogar angenehm. Im Hause des Kommandanten ging man mit mir wie mit einem Verwandten um. Er sowohl wie auch seine Frau waren durchaus ehrenwerte Menschen. Iwan Kusjmitsch war von geringer Herkunft, Sohn eines Soldaten, hatte sich aber zum Offizier herauf gedient; obwohl er ungebildet war und von simpler Lebensart, musste man ihn doch als ehrlichen und guten Menschen hochschätzen. Seine Frau beherrschte ihn, und das passte wahrlich gut zu seiner allgemeinen Sorglosigkeit. Wassilissa Jegorowna sah auch den Dienst als eines ihrer Hausfrauengeschäfte an und hielt die Festung genauso in Ordnung wie ihr eigenes Haus. Auch Marja Iwanowna hörte bald auf, mir gegenüber scheu zu sein. Wir lernten einander kennen. Und welch ein verständiges und doch gefühlvolles Wesen entdeckte ich in ihr! Fast unmerklich fühlte ich mich dieser guten Familie immer näher verbunden, ja ich schloss sogar mit Iwan Ignatjewitsch, dem einäugigen Leutnant, Freundschaft, von dem Schwabrin gemunkelt hatte, es bestünden zwischen ihm und Wassilissa Jegorowna unerlaubte Beziehungen, aber davon war auch nicht eine Spur wahr; hierum freilich kümmerte sich Schwabrin nicht im Mindesten.

Meine Ernennung zum Offizier traf ein. Der Dienst belästigte mich keineswegs. In dieser gottseligen Festung gab es weder Besichtigungen noch Exerzieren noch Wachestehen. Der Kommandant machte, wenn ihm der Sinn danach stand, mit seinen Soldaten einige Übungen, aber bisher hatte er es noch nicht einmal dahin gebracht, allen beizubringen, was rechts sei und was links. Schwabrin besaß einige französische Bücher. Ich warf mich aufs Lesen, und so erwachte in mir die Liebe zur Literatur. Die Vormittage beschäftigte ich mich mit Lektüre, ich übte mich im Übersetzen, und hie und da machte ich mich sogar an das Verfassen von Gedichten; zu Tisch war ich fast immer beim Kommandanten, und dort verbrachte ich auch gewöhnlich den weiteren Rest des Tages; abends erschienen bisweilen der Priester Gerassim und sein Weib Akulina Pamphilowna, die im Ruf stand, die erste Neuigkeitskrämerin im ganzen Umkreis zu sein. Alexej Iwanowitsch Schwabrin sah ich, was sich von selber versteht, jeden Tag; aber mit jedem Male kam mir die Unterhaltung mit ihm weniger erfreulich vor. Seine ewigen Späße auf Kosten des Kommandantenhauses missfielen mir ungemein, insbesondere seine spitzigen Bemerkungen über Marja Iwanowna. Außer diesen gab es keine weitere Gesellschaft in der Festung; allein ich wünschte mir auch keine andere.

Trotz aller Voraussagen kam es zu keinem Aufruhr der Baschkiren. Ruhe herrschte um unsere Festung. Aber diese Ruhe wurde plötzlich durch einen unerwarteten Zwist unterbrochen. Ich erwähnte bereits, dass ich mich mit Literatur zu beschäftigen begonnen hatte. Und für die damalige Zeit waren meine Versuche so übel nicht, ja sogar Alexander Petrowitsch Ssumarokow hat sie einige Jahre nachher mit vielem Lobe bedacht. Es gelang mir einst, ein Liedchen zu verfertigen, das mich höchst befriedigte. Es ist allgemein bekannt, dass Autoren oftmals unter dem Vorwand, um Rat zu fragen, geneigte Zuhörer suchen. Und so brachte denn auch ich mein Liedchen, nachdem ich es ins reine geschrieben, zu Schwabrin, der allein in der ganzen Festung befähigt war, das Werk eines Dichters zu beurteilen. Erst ein kleines Vorwort, und darauf zog ich mein Heft aus der Tasche und las ihm folgenden Versen vor:

Zu verbannen Liebesweh',
Bin ich oftmals jetzt allein,
Denn ich meide Maschas Näh',
Um aufs neue frei zu sein!

Doch die Augen, die mich banden,
Gehen nicht aus meinem Sinn;
Mein Verstand kam mir abhanden,
Ach, und meine Ruh ist hin.

So erkenn' denn meine Schmerzen,
Mascha, und erbarm' dich mein;
Sieh die Pein in meinem Herzen,
Rette den Gefangenen dein.

«Wie gefällt es dir?» fragte ich Schwabrin und erwartete seinen Beifall, wie einen Tribut, der mir durchaus zustand. Doch zu meinem lebhaften Verdruss erklärte der im allgemeinen sehr nachsichtige Schwabrin mit großer Entschiedenheit, mein Lied sei schlecht. «Warum denn?» fragte ich ihn und verbarg meinen Ärger, so gut ich konnte.

«Darum», entgegnete er, «weil diese Verse in jeder Hinsicht derer meines Lehrers Wassilij Kirillowitsch Tredjakowskij würdig sind und mich ungemein an seine Liebescouplets erinnern.»

Hierbei ergriff er mein Heft und begann jede Zeile, ja jedes Wort unbarmherzig zu zergliedern, wobei er sich in der schonungslosesten Weise über mich lustig machte. Ich ertrug es nicht länger, ich riss ihm mein Heftchen aus der Hand und sagte, ich würde ihm nie wieder meine Ausarbeitungen zeigen. Aber Schwabrin fand auch diese Drohung nur komisch.

«Wollen wir's abwarten», meinte er, «ob du dein Wort halten wirst: ein Dichter bedarf ebenso sehr des Zuhörers wie Iwan Kusjmitsch der Karaffe mit Schnaps vor dem Mittagessen. Allein wer ist denn die

Mascha, der du deine zärtliche Leidenschaft erklärst und deine Liebesschmerzen mitteilst? Am Ende gar Marja Iwanowna?»

«Das geht dich nichts an», entgegnete ich ihm finster, «wer immer diese Mascha auch sei. Ich will weder deine Meinung hören noch deine Vermutungen.»

«Oho! Ein eitler Dichter, aber ein bescheidener Liebhaber!» fuhr Schwabrin fort und reizte mich von Minute zu Minute mehr: «Doch nimm den Rat eines Freundes an: wenn du Erfolg haben willst, so rate ich dir, nicht mit Liederchen zu wirken.»

«Was, mein Herr, soll das heißen? Erklär dich auf der Stelle.»

«Mit Vergnügen. Es soll heißen, dass, wenn es dein Wunsch ist, Mascha Mironowna um die Zeit der Dämmerung bei dir zu sehen, du ihr lieber statt zärtlicher Versen ein Paar Ohrringe schenken solltest.»

Mein Blut wallte.

»Warum denkst du so von ihr?« fragte ich und hielt mit Mühe meine Empörung zurück.

»Aus dem Grunde«, entgegnete er mit einem teuflischen Lächeln, »weil ich ihre Gewohnheiten und ihre Sitten aus Erfahrung kenne.«

»Das lügst du, Schurke!« schrie ich in hellem Zorn, »du lügst auf die schamloseste Art.«

Schwabrins Gesicht verzerrte sich.

»Das lass ich dir nicht so hingehen«, sagte er und presste meinen Arm. »Sie werden mir Satisfaktion geben.«

»Nach Belieben; jederzeit!« rief ich erfreut.

Ich war in dieser Minute tatsächlich bereit, ihn in Stücke zu zerhauen.

Ich begab mich sogleich zu Iwan Ignatjewitsch und traf ihn mit einer Nadel in der Hand an: Auf Befehl der Kommandantin war er damit beschäftigt, Pilze, die über Winter getrocknet werden sollten, auf einen Faden zu reihen. »Ah, Pjotr Andrejewitsch, Sie sind es!« rief er, als er mich erblickte. »Willkommen! Was führt Sie her? Welche Angelegenheit, wenn ich fragen darf?«

Mit wenigen Worten teilte ich ihm mit, dass ich mit Schwabrin Streit gehabt hätte und ihn, Iwan Ignatjewitsch, darum bäte, bei der Auseinandersetzung mein Sekundant zu sein. Iwan Ignatjewitsch hörte mich aufmerksam an, wobei sein einziges Auge beängstigend hervorquoll.

»Sie geruhten zu sagen«, sprach er darauf, »dass Sie Alexej Iwanowitsch totstechen wollen und dass Sie hierzu mich als Zeugen benötigen? Habe ich Sie recht verstanden, wenn ich fragen darf?«

»Ganz richtig.«

»Aber so bedenken Sie doch, Pjotr Andrejewitsch! Was sind das für Geschichten? Sie hatten Streit mit Schwabrin? Na, und wenn auch! Niemand braucht davon was zu erfahren. War er frech gegen Sie, schimpfen Sie ihn zusammen; haut er Ihnen eins ins Gesicht, hauen Sie ihm eins um die Ohren und noch einmal und ein drittes Mal -- und geht dann auseinander; wir aber werden euch wieder versöhnen. Halten Sie es denn für anständig, seinen Mitmenschen totzustechen, wenn ich fragen darf? Und wenn man noch sicher wüsste, dass Sie ihn totstechen würden: Gott mit ihm, mit Alexej Iwanowitsch; ich bin selber kein Freund von ihm. Wie aber, wenn er nun Sie durchlöchert? Was dann? Wer wird dann der Genasführte sein, wenn ich fragen darf?«

Allein die Ermahnungen des verständigen Leutnants vermochten nicht, mich wankend zu machen. Ich verharrte bei meiner Absicht.

»Wie es Ihnen beliebt«, sagte Iwan Ignatjewitsch, »tun Sie, was Sie für richtig halten. Wozu jedoch soll ich als Zeuge dabei sein? Zu welchem Zweck? Dass die Leute sich prügeln, ist das etwas Besonderes, wenn ich fragen darf? Gott weiß, ich bin gegen den Schweden gezogen und gegen den Türken: das ist mir alles längst bekannt.«

Ich versuchte, so gut es ging, ihm beizubringen, worin das Amt eines Sekundanten bestehe, aber Iwan Ignatjewitsch konnte mich absolut nicht begreifen.

»Wie Sie meinen«, sagte er schließlich, »ich denke aber, dass, wenn ich mich überhaupt mit dieser Sache befassen soll, es wohl am gescheitesten wäre, dass ich zu Iwan Kusjmitsch ginge, um ihm, wie es meine Pflicht vorschreibt, zu rapportieren, dass in der Festung eine den Maßnahmen der Obrigkeit widersprechende Übeltat geplant wird: ob es der Herr Kommandant nicht für nützlich halte, die entsprechenden Gegenmaßnahmen zu ergreifen...«

Ich erschrak und bat Iwan Ignatjewitsch, nichts dergleichen dem Kommandanten zu hinterbringen; nur mit großer Mühe konnte ich ihn davon abbringen; allein schließlich versprach er es mir, ich aber entschloss mich, von ihm abzulassen.

Den Abend verbrachte ich wie gewöhnlich im Hause des Kommandanten. Um keinen Verdacht aufkommen zu lassen und allen lästigen Fragen auszuweichen, bemühte ich mich, heiter und aufgeräumt auszusehen; allein ich muss gestehen, dass die volle

Kaltblütigkeit, mit der alle prahlen, die sich in meiner Lage befunden haben, mir abging. Ich war an diesem Abend zärtlich gestimmt und irgendwie bewegt. Marja Iwanowna gefiel mir noch mehr als sonst. Der Gedanke, dass ich sie vielleicht zum letzten Male sah, verlieh ihr in meinen Augen etwas ungemein Rührendes. Plötzlich erschien Schwabrin. Ich nahm ihn beiseite und teilte ihm mein Gespräch mit Iwan Ignatjewitsch mit. »Wozu Sekundanten?« unterbrach er mich trocken, »wir brauchen keine.« Wir kamen überein, uns hinter den Heuschobern, die sich in der Nähe der Festung befanden, zu schlagen und uns am folgenden Tag dort in der siebenten Morgenstunde einzufinden. Wir plauderten anscheinend so freundschaftlich, dass Iwan Ignatjewitsch sich vor Vergnügen verplapperte. «Höchste Zeit», sagte er und nahm eine zufriedene Miene an, «ein fauler Friede ist immer noch mehr wert als der beste Kampf, ist er auch nicht besonders ehrenhaft, nun, so ist er doch gesünder.»

«Was, Iwan Ignatjewitsch, was sagten Sie da?» fragte die Kommandantin, die in ihrer Ecke Karten legte, «ich hörte nicht, was Sie sagten.»

Iwan Ignatjewitsch sah mich an, und da er bemerkte, dass ich unzufrieden war, und er sich andererseits gleichzeitig seines Versprechens entsann, wurde er verlegen und wusste nicht, was antworten. Schwabrin kam ihm jedoch schnell zu Hilfe.

«Iwan Ignatjewitsch», sagte er, «freut sich über unsere Versöhnung.»

«Mit wem hast du dich denn gezankt, mein Lieber?»

«Pjotr Andrejewitsch und ich hatten uns neulich ziemlich heftig gestritten.»

«Wie das?»

«Ach, es war nichts, Wassilissa Jegorowna, es handelte sich um ein Lied.»

«Auch ein Grund zum Streiten, ein Lied!... Wie kam denn das?»

«Sehr einfach: Pjotr Andrejewitsch hat kürzlich ein Lied verfasst und sang es mir heute vor, ich aber stimmte dagegen mein Lieblingslied an:
Hauptmannstochter, gib acht,
Geh nicht spazieren um Mitternacht!

So kam es zum Streit. Pjotr Andrejewitsch wurde zornig, kam jedoch endlich zur Überzeugung, dass es jedem frei stehe, zu singen, was er wolle. Das war alles.»

Schwabrins Unverschämtheit hatte mich fast in Wut gebracht; freilich konnte niemand außer mir seine gemeinen Anspielungen verstehen, oder zum Mindesten wurden sie von niemandem beachtet. Das Gespräch kam von den Liedern auf die Dichter, der Kommandant äußerte die Ansicht, dass sie alle liederliche und heillose Trunkenbolde seien, und gab mir den freundschaftlich gemeinten Rat, das Dichten zu lassen, da es zu nichts Gutem führe und eigentlich sogar reglementwidrig sei.

Schwabrins Anwesenheit war mir unerträglich. So nahm ich denn vom Kommandanten und seiner Familie Abschied; zu Hause untersuchte ich meinen Degen, prüfte seine Spitze und ging, nachdem ich Ssaweljitsch den Auftrag erteilt hatte, mich um sieben Uhr zu wecken, zu Bett.

Am Morgen des anderen Tages stand ich zur festgesetzten Zeit hinter den Heuschobern und wartete auf meinen Gegner. Er ließ nicht lange auf sich warten. «Man könnte uns überraschen», meinte er, «wir müssen uns beeilen.» Wir warfen die Röcke ab und entblößten, im Wams dastehend, unsere Degen. Allein im gleichen Augenblick trat Iwan Ignatjewitsch hinter einem der Heuschober hervor, gefolgt von fünf seiner Invaliden. Er forderte uns auf, ihm zum Kommandanten zu folgen. Wir fügten uns unmutig; die Soldaten umringten uns, und so kehrten wir denn hinter Iwan Ignatjewitsch, der uns feierlich führte und mit erstaunlicher Gravität voranschritt, wieder in die Festung zurück.

Wir kamen vors Haus des Kommandanten. Iwan Ignatjewitsch öffnete die Tür und rief mit besonderem Nachdruck: «Da sind sie!» Wassilissa Jegorowna empfing uns: «So, so, meine Lieben! Was soll das sein? Was? Wie? Mord und Totschlag in unserer Festung! Iwan Kusjmitsch, dass du sie mir auf der Stelle in Arrest setzt! Pjotr Andrejewitsch! Alexej Iwanowitsch! Her mit den Degen! Her damit, her damit, Palaschka, du trägst die Degen sogleich in die Rumpelkammer. Pjotr Andrejewitsch! Das hätte ich von dir nicht erwartet, schämst du dich nicht? Von Alexej Iwanowitsch ist man's ja schon gewohnt: er ist Mordes wegen aus der Garde gestrichen worden, und an den Herrgott glaubt er auch nicht; du aber? Du? Willst du auch solche Wege gehen?»

Iwan Kusjmitsch stimmte in allem seiner Gattin bei und bemerkte nur: «Ja, hört her, Wassilissa Jegorowna sagt die volle Wahrheit. Im Militärreglement sind alle Zweikämpfe auf das Entschiedenste verboten.» Palaschka hatte sich unterdessen unserer Degen bemächtigt und schickte sich an, sie in die Rumpelkammer zu tragen. Ich konnte mich des Lachens nicht erwehren. Schwabrin dagegen blieb sehr ernst. «Bei all meiner Achtung vor Ihnen», sagte er ihr kalt, «kann ich Ihnen nicht verhehlen, dass Sie, indem Sie über uns zu Gericht sitzen, sich eine unnütze Mühe machen. Überlassen Sie das doch, lieber Iwan Kusjmitsch: es ist seine Sache.« -- »Schau mal an, mein Lieber!« entgegnete ihm die Kommandantin, »sind denn Mann und Weib etwas anderes als ein Leib und eine Seele? Iwan Kusjmitsch! Was hältst du Maulaffen feil? Sofort sperrst du die beiden in verschiedene Kammern und lässt sie bei Wasser und Brot sitzen, damit ihnen die Narrheit vergeht; und außerdem soll ihnen der Priester Gerassim eine Kirchenbuße auferlegen, auf dass sie Gott um Verzeihung bitten sollen und damit sie vor den Menschen ihre Reue bekunden.«

Iwan Kusjmitsch war unschlüssig, was er tun solle. Marja Iwanowna war auffallend bleich. Aber allmählich legte sich der Sturm; die Kommandantin wurde ruhiger und veranlasste uns, einander zum Zeichen der Versöhnung einen Kuss zu geben. Darauf brachte uns Palaschka auch unsere Degen wieder zurück. Wir verließen das Haus des Kornmandanten, als wären wir in bester Eintracht. Iwan Ignatjewitsch begleitete uns. »Es war nicht schön von Ihnen« sagte ich ihm aufgebracht, »uns beim Kommandanten anzuzeigen, nachdem Sie mir doch Ihr Ehrenwort gaben, es nicht zu tun.« -- »So wahr Gott heilig ist, ich habe Iwan Kusjmitsch nicht eine Silbe gesagt«, entgegnete er, »Wassilissa Jegorowna hat alles aus mir herausgequetscht. Sie war es auch, die alle Maßnahmen traf, ohne dass der Kommandant eine Ahnung davon hatte. Übrigens, gottlob, dass alles so gut abgelaufen ist.« Bei diesen Worten verließ er uns, um nach Hause zu gehen, und so blieb ich denn mit Schwabrin allein. »Unsere Angelegenheit ist hiermit nicht etwa abgeschlossen«, sagte ich. -- »Versteht sich«, entgegnete Schwabrin. »Ihre Dreistigkeit muss mit Ihrem Blute gesühnt werden; allein ich fürchte, dass man uns wahrscheinlich beobachten wird. Wir werden uns also während der nächsten Tage verstellen müssen. Auf Wiedersehen.« Wir trennten uns, als wäre alles in schönster Ordnung.

Ich kehrte zum Hause des Kommandanten zurück und setzte mich, wie ich es immer tat, zu Marja Iwanowna. Iwan Kusjmitsch war ausgegangen; Wassilissa Jegorowna war mit dem Haushalt beschäftigt. Wir unterhielten uns mit gedämpfter Stimme. Marja Iwanowna warf mir zärtlich die Unruhe vor, die ich allen durch meinen Streit mit Schwabrin bereitet hätte.

»Ich bin fast in Ohnmacht gefallen«, sagte sie, »als ich hören musste, dass Sie die Absicht hätten, ein Duell auf Degen auszufechten. Wie sonderbar doch die Männer sind! Ein Wort, das Sie vielleicht nach einer Woche schon vergessen hätten, -- und Sie sind bereit, sich zu schlagen, setzen Ihr Leben aufs Spiel. Ihr Gewissen und nicht nur das, nein, auch das Glück derer, die... Ich bin übrigens davon überzeugt, dass Sie den Streit nicht angefangen haben. Gewiss ist Alexej Iwanowitsch der Schuldige.«

»Weshalb glauben Sie das, Marja Iwanowna?«

»Nun, weil... er spottet immer! Ich mag Alexej Iwanowitsch nicht. Er ist mir widerwärtig; doch denken Sie, wie sonderbar: ich möchte um keinen Preis ihm ebenfalls missfallen. Das würde mich ungemein beunruhigen.«

»Und was glauben Sie nun, Marja Iwanowna? Gefallen Sie ihm oder nicht?«

Sie wurde sehr rot und konnte vor Verlegenheit nicht gleich sprechen.

»Ich glaube«, sagte sie dann, »mir scheint, dass ich ihm gefalle.«

»Und warum glauben Sie das?«

»Weil er um mich angehalten hat.«

»Angehalten! Er hat um Sie angehalten? Ja, wann war denn das?«

»Noch im vorigen Jahr, etwa zwei Monate bevor Sie hier eintrafen.«

»Und Sie sagten nein?«

»Wie Sie sehen. Freilich ist Alexej Iwanowitsch ein kluger Mensch und aus gutem Hause und sogar wohlhabend; aber wenn ich daran denke, dass ich ihn im Brautkranz vor aller Welt würde küssen müssen... um nichts in der Welt! Um keinen Preis!«

Die Worte Marja Iwanownas öffneten mir die Augen und gaben mir die Erklärung für vieles. Sogar die hartnäckigsten Verleumdungen, mit denen Schwabrin sie verfolgte, wurden jetzt verständlich. Er hatte augenscheinlich unsere gegenseitige Zuneigung bemerkt und hatte sich bemüht, uns auseinanderzubringen. Jetzt kamen mir seine Worte, die den Anlass zu unserem Zwist gegeben hatten, noch schändlicher vor, denn statt eines groben und unanständigen Witzes musste ich eine wohldurchdachte Gemeinheit in ihnen sehen. Mein Verlangen, das dreiste Lästermaul zu züchtigen, wurde nur noch stärker, und voll Ungeduld wartete ich auf eine günstige Gelegenheit.

Ich brauchte nicht lange zu warten. Bereits am folgenden Tage, als ich gerade über einer Elegie saß und in Erwartung des fehlenden Reimes an meinem Federkiel kaute, klopfte Schwabrin an mein Fenster. Ich ließ die Feder, ergriff meinen Degen und eilte hinaus. »Wozu es noch länger aufschieben?« redete mich Schwabrin an, »man beobachtet uns nicht. Kommen Sie zum Flussufer. Dort wird uns niemand stören.«

Schweigend begaben wir uns dorthin. Wir stiegen den steilen Flusspfad hinab und entblößten unsere Degen erst, als wir unten angelangt dicht am Wasser standen. War auch Schwabrin geschickter als ich, so war ich doch stärker und kühner; mir kamen die wenigen Fechtstunden, die mir Monsieur Beaupré, der früher einmal Soldat gewesen war, erteilt hatte, jetzt trefflich zustatten. Schwabrin hatte sichtlich nicht erwartet, einen so gefährlichen Gegner in mir zu finden. Es ging ziemlich lange hin und her, ohne dass einer dem anderen beikommen konnte, endlich jedoch wurde ich gewahr, dass Schwabrins Kräfte nachließen, und sogleich drang ich mit großer Lebhaftigkeit auf ihn ein und trieb ihn fast bis in den Fluss. Da plötzlich hörte ich meinen Namen rufen. Ich sah mich um, es war Ssaweljitsch, der den steilen Abhang zu mir herunterlief... Und gleichzeitig spürte ich auch schon einen heftigen Stich in der Brust ein wenig unterhalb der rechten Schulter, fiel hin und verlor das Bewusstsein.

Als ich wieder zur Besinnung kam, konnte ich eine Zeit lang gar nichts fassen und vermochte nicht zu begreifen, was mit mir geschehen war. Ich lag auf dem Bett in einem fremden Zimmer und fühlte mich sehr schwach. Vor mir stand Ssaweljitsch mit einer Kerze in der Hand. Jemand löste behutsam die Verbände, die mir Brust und Schulter zusammenpressten. Nach und nach kam ein Zusammenhang in meine Gedanken. Ich erinnerte mich an das Duell und erriet, dass ich verwundet war. Plötzlich knarrte eine Tür. »Wie geht es ihm?« flüsterte eine Stimme, deren Ton mich erbeben machte. -- »Immer noch das gleiche«, entgegnete Ssaweljitsch seufzend, »immer noch bewusstlos, und dabei ist es doch schon der fünfte Tag.« Ich wollte mich aufrichten, aber ich vermochte es nicht. »Wo bin ich? Wer ist hier?« brachte ich mit Anstrengung hervor. Marja Iwanowna beugte sich über mich. »Wie geht es Ihnen?« fragte sie. -- »Gott sei Dank«, antwortete ich mit schwacher Stimme, »sind Sie da, Marja Iwanowna? Sagen Sie...« Allein ich vermochte nicht weiterzusprechen, und so verstummte ich denn. Ssaweljitsch stöhnte. Sein Gesicht strahlte. »Zu sich gekommen! Er ist zu sich gekommen!« rief er mehrere Male. »Gelobt sei Gott! Väterchen, Pjotr Andrejewitsch! Du hast mir keinen kleinen Schrecken eingejagt! Zu denken! Der fünfte Tag!...« Marja Iwanowna unterbrach ihn: »Du darfst nicht viel mit ihm sprechen, Ssaweljitsch«, sagte sie, »er ist noch zu schwach.« Und damit ging sie hinaus und machte leise die Tür hinter sich zu. Eine Flut von Vermutungen wirbelte in mir. Ich war also im Hause des Kommandanten: Marja Iwanowna konnte bei mir ein- und ausgehen. Ich wollte einige Fragen an Ssaweljitsch richten, aber der Alte schüttelte den Kopf und verstopfte sich die Ohren. Unmutig schloss ich die Augen, und bald darauf kam der Schlaf über mich.

Als ich wieder erwachte, rief ich Ssaweljitsch, allein statt seiner stand Marja Iwanowna vor mir; ihr himmlisches Stimmchen begrüßte mich. Das entzückende Gefühl, das mich in diesem Augenblick ergriff, war einfach unbeschreiblich. Ihre Hand lag in der meinen, ich presste sie an meine Lippen, und Tränen der Rührung benetzten sie. Und Mascha zog ihre Hand nicht fort... ja plötzlich berührten ihre Lippen meine Wange, und mich durchströmte das Gefühl des warmen, des lebendigen Kusses. Feuer durchfuhr mich. »Teure, geliebte Marja Iwanowna«, kam es von meinen Lippen, »werde mein Weib, entschließe dich, mich glücklich zu machen.« Sie kam zu sich. »Um Gottes willen, nur Ruhe«, sagte sie und entzog mir ihr Händchen, »Sie sind noch längst nicht außer Gefahr:

Ihre Wunde kann wieder aufbrechen. Schonen Sie sich, und sei es auch nur um meinetwillen.«

Mit diesen Worten verließ sie das Zimmer und ließ mich in einem Rausch des Glückes zurück. Das Glück belebte mich neu. Sie wird mein sein! Sie liebt mich! Dieser Gedanke erfüllte mich ganz und gar.

Von da an ging es mir stündlich besser. Ich befand mich, da es keinen anderen Arzt in der Festung gab, beim Regimentsfeldscher in Behandlung, und dieser machte Gott sei Dank keine großen Geschichten mit mir. Meine Jugend und meine kräftige Natur beschleunigten den Prozess meiner Wiederherstellung. An meiner Pflege beteiligte sich die ganze Kommandantenfamilie. Marja Iwanowna wich nicht von meiner Seite. Es versteht sich von selbst, dass ich die erste beste Gelegenheit benutzte, um meine unterbrochene Liebeserklärung zu vollenden, und dieses Mal hörte Marja Iwanowna mir mit größter Geduld zu. Ja sie gestand mir, ohne sich viel zu zieren, ihre herzliche Zuneigung und meinte, dass auch ihre Eltern sich sicherlich sehr über das Glück ihres Kindes freuen würden. »Allein jetzt musst du bedenken«, fügte sie hinzu, »ob nicht am Ende vonseiten deiner Anverwandten Einwendungen erhoben werden könnten?«

Ich überlegte. Der zärtlichen Gesinnung meines Mütterchens war ich gewiss; aber wenn ich an meinen Vater dachte, dessen Charakter und Gedanken ich freilich gut kannte, musste ich mir sagen, dass meine Liebe ihn nicht sehr bewegen würde, ja dass er sie vermutlich eher als die Torheit eines jungen Mannes ansehen dürfte. Freimütig bekannte ich Marja Iwanowna diesen Umstand und entschloss mich, meinem Vater einen Brief zu schreiben, so schön und beredt wie nur möglich, und ihn darin um seinen väterlichen

Segen zu bitten. Ich zeigte den Brief Marja Iwanowna, und sie fand ihn so überzeugend, dass sie an seinem Erfolge nicht zweifelte und sich nunmehr den Gefühlen ihres liebenden Herzens mit der schönen Zuversicht der Jugend und der Liebe hingab.

Bereits in den ersten Tagen meiner Besserung hatte ich mich mit Schwabrin versöhnt. Iwan Kusjmitsch machte mir Vorwürfe wegen des Zweikampfs und sagte mir: »Ach, Pjotr Andrejewitsch! Eigentlich müsste ich dich nun in Arrest setzen, allein ich meine, du bist auch ohnehin bestraft genug. Alexej Iwanowitsch dagegen sitzt noch immer fest in der Kornkammer und wird scharf bewacht, sein Degen aber befindet sich unter Verschluss bei Wassilissa Jegorowna. Er hat jetzt Zeit, in sich zu gehen und zu bereuen.« Ich war viel zu glücklich, um in meinem Herzen irgendein feindseliges Gefühl zu hegen. So bat ich denn für Schwabrin, und der gutmütige Kommandant entschloss sich, nachdem er allerdings zuvor die Genehmigung seiner Gattin eingeholt hatte, ihn wieder zu befreien. Schwabrin kam bald darauf zu mir; er drückte mir sein tiefes Bedauern über das aus, was zwischen uns vorgefallen war; er gestand mir ein, dass einzig er an allem schuld sei, und bat mich, das Vergangene zu vergessen. Da ich von Natur aus keineswegs nachtragend bin, so verzieh ich ihm sogleich mit aller Aufrichtigkeit sowohl den Streit als auch die Wunde, die ich von ihm empfangen hatte. Und in jener Verleumdung sah ich jetzt nur noch den Ärger seiner verletzten Eitelkeit und der verschmähten Liebe und entschuldigte großmütig den unglücklichen Nebenbuhler.

So war ich denn bald wieder völlig hergestellt und konnte meine alte Wohnung wieder beziehen. Voller Ungeduld erwartete ich die Antwort auf meinen Brief, allein es war wenig Hoffnung in mir, und ich musste häufig meine traurigen Vorahnungen zum Schweigen bringen. Allerdings hatte ich mit Wassilissa Jegorowna und ihrem Gemahl noch nicht gesprochen, aber ich wusste, dass meine Werbung ihnen nicht unerwartet kommen würde. Denn weder gab sich Marja Iwanowna, noch gab ich mir Mühe, unsere Gefühle vor ihnen zu verbergen, da wir schon im Voraus gewiss waren, ihre Zustimmung zu erlangen.

Endlich trat Ssaweljitsch eines Morgens in mein Zimmer und brachte mir den Brief. Ich ergriff ihn voller Unruhe. Die Adresse war von meines Vaters Hand. Hieraus konnte ich bereits ersehen, dass der Brief wichtig war, denn in der Regel schrieb mein Mütterchen an mich, und er setzte am Schluss nur noch einige Zeilen hinzu. Ich zögerte geraume Zeit, den Brief zu erbrechen, und immer wieder überflog mein Auge die feierliche Aufschrift: «An meinen Sohn Pjotr Andrejewitsch Grinew im Orenburgschen Gouvernement in der Festung Bjelogorsk.» Ich versuchte aus den Schriftzügen die Gesinnung zu erraten, in der dieser Brief verfasst war; endlich entschloss ich mich, das Schreiben zu entsiegeln, aber schon nach den ersten Zeilen sah ich, dass alles beim Teufel war. Dies war der Inhalt des Briefes:

«Mein Sohn Pjotr! Deinen Brief, in welchem Du uns um den elterlichen Segen und um unsere Einwilligung zu Deiner Vermählung mit Marja Iwanowna, der Tochter des Mironow, ersuchst, erhielten wir am 15. dieses Monats, aber weder bin ich gewillt, Dir meinen Segen zu erteilen, noch, meine Einwilligung zu geben, und ich werde Dir schon noch kommen und Dich, ungeachtet Deines Offiziersrangs, Deiner Streiche wegen wie einen dummen Jungen züchtigen. Denn Du hast erwiesen, dass Du noch ganz und gar unwürdig bist, den Degen zu tragen, der Dir zur Verteidigung des Vaterlandes verliehen worden ist, nicht aber zu Zweikämpfen mit genau solchen Taugenichtsen, wie Du einer bist. Ich werde unverzüglich an Andrej Kirillowitsch schreiben und ihn bitten, Dich aus der Festung Bjelogorsk so weit wie möglich zu versetzen, an einen Ort, wo Dir die Albernheiten vergehen sollen. Deine Mutter wurde, als sie von Deinem Zweikampf erfuhr und dass Du verwundet seiest, vor Schrecken krank und muss das Bett hüten. Was soll aus Dir noch werden? Ich flehe zu Gott, dass Du Dich bessern mögest, aber ich wage kaum, auf seine große Barmherzigkeit zu hoffen.

Dein Vater A. G.»

Die Lektüre dieses Briefes rief in mir die widersprechendsten Gefühle hervor. Die harten Ausdrücke, mit denen mein Vater nicht gekargt hatte, kränkten mich sehr. Die Geringschätzung, mit der er Marja Iwanownas gedachte, erschien mir ebenso ungehörig wie ungerecht. Der Gedanke, dass ich vielleicht aus der Bjelogorskschen Festung versetzt werden könnte, war mir ungeheuerlich; am meisten aber schmerzte mich die Nachricht von der Krankheit meiner Mutter. Ich zürnte Ssaweljitsch, denn es stand für mich außer jedem Zweifel, dass die Nachricht von meinem Zweikampf nur durch ihn zu meinen Eltern gedrungen sein konnte. Ich schritt in meinem engen Zimmer auf und ab und blieb schließlich vor ihm stehen und sagte, während ich ihn drohend anblickte:

»Es ist dir wohl zu wenig, dass ich durch dein Verschulden verwundet wurde und mich einen ganzen Monat hindurch am Rande des Grabes befand; nun willst du auch noch meine Mutter umbringen.«

Ssaweljitsch war wie vom Donner gerührt.

»Erbarmen, Herr«, rief er mit Tränen im Auge, »was sagst du da? Ich die Ursache deiner Verwundung! Weiß Gott, ich lief doch nur, um dich mit meiner eigenen Brust vor dem Degen Alexej Iwanowitschs zu schützen! Das vermaledeite Alter kam mir in die Quere. Und was habe ich denn deinem Mütterchen angetan?« »Was du getan hast?« entgegnete ich. »Wer hat dich veranlasst, den Angeber zu spielen? Bist du mir etwa als Spion mitgegeben worden?«

»Ich dich angegeben?« versetzte Ssaweljitsch weinend. »Himmlischer Vater! Dann sei so gut und lies, was mir der gnädige Herr geschrieben hat: du wirst daraus schon sehen, wie ich dich angegeben habe.« Hiermit zog er einen Brief aus der Tasche und las mir Folgendes vor:

»Schäme Dich, alter Hundsfott, dass Du, ungeachtet meines strengen Befehls, mir nichts über die Aufführung meines Sohnes Pjotr Andrejewitsch hinterbracht hast und dass fremde Leute gezwungen sind, mich von seinen Streichen zu unterrichten. Erfüllst Du etwa so Deine Pflicht und den Willen Deines Herrn? Für Dein Verschweigen der Wahrheit und Deine Liebedienerei gegen den jungen Mann werde ich Dich alten Hundsfott die Schweine hüten schicken. Ich befehle Dir hiermit, mir sogleich nach Empfang dieses Briefes zu antworten und mir zu berichten, wie es jetzt um die Gesundheit steht, von der man mir mitgeteilt, es stehe besser, an welcher Stelle sich die Wunde befindet und ob er gut geheilt worden ist.«

Es war augenscheinlich, dass Ssaweljitsch unschuldig war und dass ich ihn durch meine Vorwürfe und meinen Verdacht grundlos beleidigt hatte. Ich bat ihn um Verzeihung, allein der Alte war untröstlich.

»Muss ich das noch erleben«, wiederholte er immer wieder, »hab ich diesen Dank von meiner Herrschaft verdient! Ich ein alter Hundsfott, ich die Schweine hüten und außerdem noch die Ursache deiner Verwundung? Nein, Pjotr Andrejewitsch! Nicht ich, sondern der verdammte Musjö ist schuld an allem: er war's, der dir beibrachte, mit eisernen Bratspießen herumzufuchteln und dabei aufzustampfen, als ob man mit Fuchteln und Stampfen sich vor einem schlechten Menschen bewahren könnte! Es war notwendig, den Musjö anzustellen und an so einen Geld zu verschwenden!«

Jedoch wer war es, der sich bemüßigt gefühlt hatte, meinen Vater von meinem Betragen in Kenntnis zu setzen? Etwa der General? Allein er hatte bisher nicht den Eindruck gemacht, als ob er sich allzu viel mit mir beschäftige; außerdem hatte Iwan Kusjmitsch davon abgesehen, ihm einen Rapport über den Zweikampf zuzustellen. Ich verlor mich in Vermutungen. Mein Verdacht blieb auf Schwabrin haften. Er allein konnte aus jener Anzeige Vorteile ziehen, denn die möglichen Folgen konnten meine Versetzung aus der Festung sein und ein Bruch mit dem Hause des Kommandanten. Ich ging schließlich zu Marja Iwanowna, um ihr alles mitzuteilen. Sie stand an der Haustüre. »Was haben Sie?« fragte sie, als sie mich erblickte. »Sie sind so blass!« -- »Alles ist aus!« Nur dies konnte ich ihr antworten und reichte ihr den Brief meines Vaters. Nun erbleichte sie ihrerseits. Sie las den Brief, gab ihn mir mit zitternder Hand zurück und sprach mit bebender Stimme: »Es ist des Schicksals Fügung. Ihre Verwandten wollen mich nicht haben. Des Herrn Wille geschehe! Gott weiß besser als unsereins, was uns not tut. Wir können das nicht ändern, Pjotr Andrejewitsch; hoffentlich werden wenigstens Sie noch einmal glücklich...« -- »Nichts dergleichen!« rief ich und ergriff ihre Hand, »du liebst mich; ich bin zu allem bereit. Komm, lass uns vor deinen Eltern niederknien; sie sind schlichte Menschen und nicht hartherzige Hochmütige... sie werden uns den Segen nicht verweigern; wir werden uns trauen lassen... und mit der Zeit werden wir, ich bin davon überzeugt, auch meinen Vater milder stimmen; mein Mütterchen ist gewiss schon jetzt auf unserer Seite; er wird uns verzeihen...« -- »Nein, nein, Pjotr Andrejewitsch«, entgegnete Mascha, »ohne den Segen deiner Eltern kann ich nicht die Deine werden. Ohne ihren Segen wirst du nie glücklich sein. Wir müssen uns Gottes Ratschluss fügen. Und wenn du eine andere finden solltest, wenn du eine andere lieb gewinnen solltest -- Gott mit dir, Pjotr Andrejewitsch; dann werde ich für euch beide ...«

Sie brach in Tränen aus und entfernte sich; ich wollte ihr ins Haus folgen, allein ich vermochte es nicht, ich hätte mich nicht mehr beherrschen können, und so kehrte ich denn nach Hause zurück.

Dort saß ich lange, versponnen in tiefes Nachdenken, als plötzlich Ssaweljitschs Erscheinen mich aus meinen Überlegungen riss. »Da, Herr«, sagte er und reichte mir einen vollgeschriebenen Bogen Papier, »nun überzeuge dich, ob ich wirklich ein Angeber bin und ob ich tatsächlich darauf aus bin, den Sohn und den Vater zu verhetzen.« Ich nahm das Papier: es war Ssaweljitschs Antwort auf den Brief, den er erhalten hatte. Sie folgt hier Wort für Wort:

«Mein Herr Andrej Petrowitsch, unser gnädiger Herr Vater!

Ihr gnädiges Schreiben habe ich erhalten, in welchem Sie mir, Ihrem Diener, zu zürnen geruhen, und dass ich mich schämen soll, die Befehle meiner Herrschaft nicht auszuführen; aber ich bin kein Hundsfott, sondern Ihr treuer Diener und bin den Befehlen meiner Herrschaft immer nachgekommen und habe Ihnen immer mit Eifer gedient und mit Ehren graue Haare bekommen. Und von der Verwundung Pjotr Andrejewitschs habe ich Ihnen nichts geschrieben, um keinen unnötigen Schrecken einzujagen, und ich höre ja ohnedies, dass die gnädige Frau, unsere Mutter Awdotja Wassiljewna, vor Schrecken jetzt das Bett hüten muss, weswegen ich auch um ihre Gesundheit zu Gott beten will. Pjotr Andrejewitsch wurde unterhalb der rechten Schulter in die Brust verwundet, gerade unter dem Schlüsselbein, und die Wunde war anderthalb Zoll tief, und er lag im Hause des Kommandanten, wohin wir ihn vom Ufer getragen hatten, und geheilt wurde er vom hiesigen Feldscher Stepan Paramonow, und Gott sei Dank ist Pjotr Andrejewitsch jetzt wieder wohlauf und ist über ihn nichts als Gutes zu berichten. Die Vorgesetzten sind, wie man hören kann, mit ihm zufrieden; und Wassilissa Jegorowna hält ihn wie ihr eigen Kind. Doch dass dieser Vorfall sich mit ihm zugetragen hat, da kann man dem jungen Blut keinen Vorwurf daraus machen: Ein Pferd, das doch vier Beine hat, stolpert auch zuweilen. Und Sie geruhten ferner zu schreiben, Sie würden mich schicken, die Schweine hüten, das ist Ihr gutes herrschaftliches Recht. Und somit empfehle ich mich untertänigst.

Ihr getreuer Knecht
Archip Ssaweljew.«

Ich konnte mich mehrere Male des Lächelns nicht erwehren, als ich das Schreiben des guten Alten las. Mir war es ganz unmöglich, meinem Vater zu antworten; der Brief Ssaweljitschs schien mir völlig ausreichend zu sein, die Unruhe meines Mütterchens zu beschwichtigen.

Allein seit jenem Tage trat eine Änderung in meinem Leben ein. Marja Iwanowna vermied es, mit mir zu sprechen, und war auf jede Weise bemüht, mir auszuweichen. Das Haus des Kommandanten war ein trauriger Aufenthalt für mich geworden. Ich gewöhnte mich nach und nach daran, allein zu Hause zu bleiben. Zwar machte mir Wassilissa Jegorowna anfangs deswegen Vorhaltungen, ließ mich jedoch schließlich, da sie meinen Eigensinn sah, in Ruhe. Iwan Kusjmitsch sah ich eigentlich nur, wenn der Dienst es erforderte; selten nur und ungern kam ich mit Schwabrin zusammen, um so mehr, als ich in ihm mit der Zeit eine versteckte Feindschaft entdeckte, was durchaus danach angetan war, mich in meinem Verdacht zu bestärken. Mein Leben wurde allmählich einfach unerträglich. Ich fiel in eine düstere Melancholie, die von meiner Einsamkeit und Untätigkeit nur noch genährt wurde. Meine Liebe entbrannte in der Zurückgezogenheit immer heftiger und wurde mir je länger, je mehr zur Qual. Mir ging auch die Lust am Lesen verloren und die Freude an der Literatur. Mein Lebensmut erschlaffte. Ich fürchtete manchmal, den Verstand zu verlieren oder liederlich zu werden. Allein da traten unerwartete Ereignisse ein, die großen Einfluss auf mein ganzes ferneres Leben gewannen und meiner Seele die nötige starke und wohltätige Erschütterung gaben.

Bevor ich nunmehr an die Schilderung der sonderbaren Begebenheiten gehe, deren Augenzeuge ich war, muss ich einige Worte über den Zustand, in dem sich das Orenburgsche Gouvernement gegen Ende des 1773er Jahres befand, vorausschicken. Dieses ausgedehnte und reiche Territorium wurde von einer Menge halbwilder Stämme bewohnt, die erst vor Kurzem die Oberhoheit der russischen Herrscher anerkannt hatten.

Ihre fast ununterbrochen aufeinanderfolgenden Aufstände, ihre Missachtung der Gesetze und Unkenntnis des bürgerlichen Lebens, ihre Willkür und Grausamkeit erforderten vonseiten der Regierung ständige Wachsamkeit, um sie in Gehorsam zu halten. Darum wurden an den Plätzen, die man für geeignet hielt, Forts errichtet und Kosaken angesiedelt, die ja ohnehin schon seit geraumer Zeit an den Ufern des Jaïk lebten. Allein diese Kosaken vom Jaïk, deren Aufgabe es eigentlich war, die Ruhe und Gefahrlosigkeit in diesen weitläufigen Ländern zu sichern, waren seit einiger Zeit selber zu unruhigen und gefährlichen Untertanen der Regierung geworden. Im Jahre 1772 kam es in ihrer Hauptstadt zur Rebellion. Die Veranlassung hierzu waren die strengen Maßnahmen, die der Generalmajor Traubenberg ergriffen hatte, um die Truppen zum schuldigen Gehorsam zu bringen. Dies hatte die barbarische Ermordung Traubenbergs sowie eigenmächtige Veränderungen in der Verwaltung zur Folge, schließlich aber wurde der Aufruhr durch Kanonen und grausame Strafen niedergeworfen.

Dies alles trug sich zu, kurz bevor ich in der Festung Bjelogorsk eintraf. Damals war alles bereits wieder ruhig, oder es schien zum Mindesten so; allzu leichtgläubig hatte die Obrigkeit der erheuchelten Reue der schlauen Rebellen Vertrauen geschenkt, diese aber wüteten derweilen im Verborgenen und warteten auf den günstigen Augenblick, um die Unruhen neu aufleben zu lassen.

Ich kehre nun zu meiner Erzählung zurück.

Eines Abends (es war zu Anfang Oktober 1773) saß ich wie stets allein zu Hause, ich lauschte dem Heulen des Herbstwindes und schaute durchs Fenster den Wolken zu, wie sie vor dem Monde vorüberglitten. Da wurde ich zum Kommandanten gerufen. Ich machte mich sogleich auf den Weg. Schwabrin, Iwan Ignatjewitsch und der Kosakenunteroffizier hatten sich bereits eingefunden. Allein es war weder Wassilissa Jegorowna im Zimmer noch Marja Iwanowna. Der Kommandant begrüßte mich mit einer etwas bedrückten Miene. Er schloss die Türe und bat uns, Platz zu nehmen, wobei der Kosakenunteroffizier ausgenommen war, der an der Türe stehen blieb; dann zog er ein Papier aus der Tasche und redete uns an: »Meine Herren Offiziere, eine wichtige Nachricht! Vernehmen Sie, was mir der General schreibt.« Er setzte die Brille auf und las uns Folgendes vor:

»An den Herrn Kommandanten der Festung Bjelogorsk Hauptmann Mironow. -- Geheim.

Ich tue Ihnen hiermit kund und zu wissen, dass der aus dem Gefängnis entsprungene Kosak und Sektierer Jemeljan Pugatschow, nachdem er die unverzeihliche Dreistigkeit verübte, den Namen Seiner Majestät, des verstorbenen Kaisers Peters III., anzunehmen, eine Schar von Bösewichtern um sich gesammelt hat, mit denen er in den Dörfern am Jaïk den Aufruhr vorbereitet, und dass er bereits einige Festungen eingenommen und zerstört hat, überall Plünderungen und Totschlag hervorrufend. Dieserhalb werden Sie, Herr Hauptmann, gehalten, nach Empfang dieses Schreibens unverzüglich alle entsprechenden Maßnahmen zu ergreifen, um den erwähnten Übeltäter und Usurpator, sollte er sich ebenfalls gegen die Festung, die Ihrer Obhut anvertraut ist, wenden, abzuschlagen und womöglich gänzlich aufzureiben.«

»Alle entsprechenden Maßnahmen zu ergreifen!« wiederholte der Kommandant, indem er die Brille weglegte und das Schreiben wieder zusammenfaltete.

»Hör mal, das ist leicht gesagt. Der Bösewicht scheint stark zu sein, wir aber haben alles in allem hundertdreißig Mann, wenn man die Kosaken nicht mitrechnet, auf die freilich kein Verlass ist, ohne dir damit nahetreten zu wollen, Maximytsch. (Der Kosakenunteroffizier lächelte nur.) Allein, meine Herren Offiziere, das lässt sich nun nicht mehr ändern! Seien Sie eifrig im Dienst, bilden Sie Streifposten, lassen Sie nachts patrouillieren und sehen Sie zu, dass im Falle einer Überrumplung die Tore verschlossen werden und die Mannschaft bereitsteht. Du aber, Maximytsch, hab ein scharfes Auge auf deine Leute. Die Kanone muss nachgesehen und ordentlich gereinigt werden. Hauptsächlich jedoch bitte ich alle Anwesenden, darauf achtgeben zu wollen, dass die Sache geheim bleibt, damit niemand in der Festung vorzeitig etwas davon erfährt.«

Nachdem Iwan Kusjmitsch diese Anordnungen getroffen hatte, ließ er uns wieder gehen. Auf dem Heimwege schloss sich Schwabrin mir an, und wir sprachen über das, was wir soeben vernommen hatten.

»Was glaubst du, womit wird das enden?« fragte ich ihn. »Gott weiß«, entgegnete er, »wir müssen es abwarten. Etwas Ernsthaftes kann ich vorläufig noch nicht bemerken. Sollte jedoch…«

Hier wurde er nachdenklich und begann zerstreut eine französische Arie zu pfeifen.

Und dennoch verbreitete sich trotz all unserer Vorsichtsmaßnahmen die Kunde vom Auftauchen Pugatschows alsbald durch die ganze Festung. Um keinen Preis der Welt hätte Iwan Kusjmitsch seiner Frau, obwohl er sie ungemein hoch schätzte, ein Geheimnis anvertraut, das ihm auf dem Dienstwege mitgeteilt worden war. Nachdem er das Schreiben des

Generals erhalten hatte, wusste er auf ziemlich gute Manier Wassilissa Jegorowna aus dem Hause zu schaffen: Er sagte ihr nämlich, der Priester Gerassim habe aus Orenburg äußerst wunderliche Nachrichten erhalten und halte sie aufs Strengste geheim. Wassilissa Jegorowna verspürte auf der Stelle den Wunsch, die Popenfrau zu besuchen, und nahm auf Iwan Kusjmitschs Rat Mascha mit, damit diese sich, wenn sie allein im Hause bleibe, nicht langweile.

Kaum war Iwan Kusjmitsch zum unumschränkten Gebieter des ganzen Hauses geworden, da schickte er alsbald nach uns und sperrte Palaschka in die Rumpelkammer, damit sie uns nicht belauschen konnte.

Wassilissa Jegorowna kehrte nach Hause zurück, ohne etwas von der Popenfrau herausbekommen zu haben, dagegen erfuhr sie sofort, dass während ihrer Abwesenheit eine Beratung bei Iwan Kusjmitsch stattgefunden hatte und dass Palaschka eingeschlossen worden war. Sie erriet natürlich, dass ihr Gemahl sie hintergangen hatte, und überrumpelte ihn alsbald mit einem Kreuzverhör. Allein Iwan Kusjmitsch hatte sich auf diesen Angriff gefasst gemacht. Er ließ sich keineswegs aus der Fassung bringen und entgegnete seiner neugierigen Ehehälfte dreist: »Hör mal, mein Mütterchen, die Weiber in der Festung heizen ihre Öfen neuerdings nur mit Stroh, und weil doch hierdurch ein Unglück entstehen könnte, habe ich den strengen Befehl gegeben, die Weiber dürften von nun an nicht mehr mit Stroh heizen, sondern nur noch mit Reisig und Bruchholz.« -- »Aber wozu war es denn nötig, Palaschka einzusperren?« fragte die Kommandantin weiter, »warum musste die arme Dirne, bis wir zurückkamen, in der Rumpelkammer sitzen?« Allein auf diese Frage hatte sich Iwan Kusjmitsch nicht vorbereitet; er verhaspelte sich und stotterte irgendetwas völlig Ungereimtes. Wassilissa Jegorowna durchschaute alsbald die Tücke ihres Mannes, stellte aber, da sie nur zu gut wusste, dass sie auf diese Weise doch nichts erreichen würde, alle weiteren Fragen ein und kam auf die sauren Gurken zu sprechen, die Akulina Pamphilowna, die Popenfrau, auf eine ganz eigene Art zuzubereiten verstand. Nachts aber fand Wassilissa Jegorowna keinen Schlaf, denn sie konnte sich nicht denken, was das sein könnte, das im Kopfe ihres Mannes spukte und ihr nicht mitgeteilt werden durfte.

Tags darauf sah sie, als sie von der Messe heimkehrte, Iwan Ignatjewitsch damit beschäftigt, allerhand Läppchen, Steinchen, Holzstückchen und Knöchelchen aus der Kanone zu entfernen, kurz, Schutt jeder Art, den die Kinder hineingestopft hatten. »Was mögen diese militärischen Vorbereitungen nur zu bedeuten haben?« dachte die Kommandantin. »Erwarten sie am Ende wieder einen Überfall von seiten der Kirgisen? Und wäre es möglich, dass Iwan Kusjmitsch solche Lappalien vor mir geheim halten wollte?« Mit der festen Absicht, das Geheimnis aus ihm herauszulocken, das ihre Weiberneugierde so sehr peinigte, rief sie Iwan Ignatjewitsch heran. Dem Richter gleich, der zu Beginn der Verhandlung nebensächliche Fragen stellt, um zunächst die Vorsicht des Beschuldigten einzuschläfern, begann Wassilissa Jegorowna das Gespräch mit einigen Bemerkungen hinsichtlich des Haushaltes. Darauf schwieg sie eine kleine Weile, seufzte dann tief auf und sprach kopfschüttelnd: »Mein Gott, mein Gott! Was für Nachrichten! Was soll nur daraus werden?«

»I, Mütterchen!« entgegnete Iwan Ignatjewitsch, »Gott hat sich uns bisher noch immer gnädig erwiesen; Soldaten haben wir genügend, Pulver ist in großen Mengen da, und die Kanone habe ich jetzt gereinigt.

Wir werden dem Pugatschow schon eins auswischen. Wenn der Herr uns beisteht, frisst uns das Schwein nicht auf!«

»Und wer ist denn das, dieser Pugatschow?« fragte die Kommandantin. Jetzt bemerkte Iwan Ignatjewitsch freilich, dass er sich verplappert hatte, und biss sich auf die Zunge. Allein es war zu spät. Wassilissa Jegorowna zwang ihn, alles zu bekennen, freilich gab sie ihm zuvor das Versprechen, es niemandem weiter zu erzählen.

Und Wassilissa Jegorowna hielt ihr Versprechen und sagte keinem auch nur das geringste Wörtchen, mit Ausnahme der Popenfrau, und dieser eigentlich auch nur, weil ihre Kuh immer noch auf der Steppe weidete und leicht von den Bösewichtern geraubt werden konnte.

Bald danach sprach alles von Pugatschow. Die Meinungen waren geteilt. Der Kommandant entsandte den Kosakenunteroffizier mit dem Auftrage, in den benachbarten Ansiedlungen und Festungen genaue Nachrichten einzuziehen. Der Unteroffizier kehrte nach zwei Tagen zurück und meldete, dass er einige sechzig Werst von der Festung eine Menge von Feuern in der Steppe gesehen habe, auch habe er von den Baschkiren vernommen, es nähere sich eine ungeheure Heeresmacht. Etwas Bestimmtes könne er im Übrigen nicht mitteilen, weil er weiter zu reiten sich nicht getraut habe.

Unter den in der Festung lebenden Kosaken wurde kurz darauf eine ungewöhnliche Unruhe bemerkbar; an allen Straßenecken sah man sie sich versammeln und leise miteinander sprechen, wenn jedoch unversehens ein Dragoner oder ein Soldat der Garnison dazukam, so zerstreuten sie sich wieder. Sie wurden durch Kundschafter beobachtet. Julai, ein getaufter Kalmücke, überbrachte dem Kommandanten eine Meldung von großer Wichtigkeit. Die Nachrichten, die der Kosakenunteroffizier uns übermittelt hatte, waren nach den Worten Julais alle erlogen; gleich nach seiner Rückkehr hatte der verschmitzte Kosak seinen Kameraden mitgeteilt, dass er selber im Lager der Aufständischen gewesen sei und auch mit deren Anführer, der ihn zum Handkuss zugelassen, ein langes Gespräch geführt habe. Der Kommandant ließ den Unteroffizier auf der Stelle verhaften und setzte Julai auf dessen Posten. Die Kosaken nahmen diese Neuigkeit mit offenkundigem Unwillen auf. Sie murrten laut, und Iwan Ignatjewitsch musste, als er den Befehl des Kommandanten vollstreckte, mit eigenen Ohren hören, wie sie ihm zuriefen: »Wart nur, Garnisonsratte, du sollst was erleben!« Der Kommandant beabsichtigte eigentlich, noch am selben Tage den Gefangenen zu verhören, aber da war der Kosakenunteroffizier schon auf und davon, vermutlich hatten ihm seine Gesinnungsgenossen zur Flucht verhelfen.

Die Unruhe des Kommandanten wurde durch einen neuen Umstand noch erhöht. Es wurde ein Baschkire aufgegriffen, der aufrührerische Flugblätter bei sich trug. Der Kommandant wollte eigentlich abermals seine Offiziere versammeln und suchte nach einem passenden Vorwande, um Wassilissa Jegorowna zu entfernen. Allein da Iwan Kusjmitsch ein durchaus ehrlicher und aufrechter Mann war, so fiel ihm kein anderes Mittel ein außer jenem, das er bereits einmal zur Anwendung gebracht hatte.

»Hör mal, Wassilissa Jegorowna«, sprach er zu ihr und hustete dabei, »der Priester Gerassim hat, wie ich höre, aus der Stadt...«

»Dummes Zeug, Iwan Kusjmitsch«, unterbrach ihn die Kommandantin, »du willst also eine Versammlung einberufen und in meiner Abwesenheit über Jemeljan Pugatschow beraten; mir machst du nichts weis.«

Iwan Kusjmitsch riss die Augen auf.

»Nun, Mütterchen«, meinte er dann, »wenn du schon ohnehin alles weißt, dann bleibe meinetwegen, wir können ja auch in deiner Gegenwart beraten.«

»Na also, mein Väterchen«, antwortete sie, »du musst nicht immer zu schlau sein wollen, schicke nur nach deinen Offizieren.«

Wir fanden uns ein. Im Beisein seiner Gattin las uns Iwan Kusjmitsch einen Aufruf Pugatschows vor, den irgendein kaum schriftkundiger Kosak verfasst hatte. Der Räuber tat darin seinen Entschluss kund, unverweilt auf unsere Festung zu marschieren; er forderte die Kosaken und Soldaten auf, sich seiner Bande anzuschließen, die Befehlshaber jedoch warnte er, Widerstand zu leisten, da er in diesem Fall gezwungen wäre, sie zu strafen. Der Aufruf war in groben, aber energischen Ausdrücken abgefasst und musste auf die Gemüter der einfachen Leute eine gefährliche Wirkung ausüben.

»Was sagt ihr zu dem Betrüger!« rief die Kommandantin, »was wird er uns wohl noch vorzuschlagen wagen! Vielleicht sollen wir ihm entgegenziehen und zu seinen Füßen unsere Fahnen strecken! Der Hundesohn! Weiß er gar nicht, dass wir schon vierzig Jahre im Dienst stehen und, gottlob, schon allerlei mitgemacht haben? Und sollte es wirklich Offiziere geben, die diesem Räuber Gehör schenken?«

»Man sollte es nicht für möglich halten«, entgegnete Iwan Kusjmitsch, »aber andererseits hört man, der Bösewicht habe schon mehrere Festungen genommen.«

»So verfügt er anscheinend tatsächlich über eine Macht«, warf Schwabrin ein.

«Das wollen wir sogleich erfahren», sagte der Kommandant. »Wassilissa Jegorowna, gib mir mal den Speicherschlüssel heraus. Iwan Ignatjewitsch, schaff den Baschkiren herbei und befiehl Juki, mit der Riemenpeitsche zu kommen.«

»Noch einen Augenblick, Iwan Kusjmitsch«, sagte die Kommandantin und erhob sich von ihrem Platz. »Ich will erst Mascha aus dem Hause bringen, sonst wird sie zu Tode erschrecken, wenn sie das Geschrei hört. Und, offen gestanden, ich selber bin auch nicht gerne bei einem peinlichen Verhör dabei. Lebt wohl.«

Die Folter war in der alten Zeit noch so sehr mit den Gepflogenheiten der Rechtspflege verwurzelt, dass das menschenfreundliche Gesetz, laut welchem sie abgeschafft wurde, noch lange ohne jede Wirkung blieb. Man glaubte, dass zur vollen Überführung des Verbrechers sein Eingeständnis unumgänglich notwendig sei -- ein ebenso unbegründeter wie auch jedem gesunden juristischen Empfinden völlig widersprechender Gedanke: denn wenn man das Leugnen des Beschuldigten nicht als Beweis seiner Unschuld gelten lässt, um wie viel weniger darf man dann sein Eingeständnis als Beweis seiner Schuld ansehen? Auch heute noch kann man mitunter ergraute Richter sprechen hören, die die Abschaffung dieses barbarischen Brauches bedauern. Zu jener Zeit jedoch bezweifelte niemand die Notwendigkeit der Folter, weder der Richter noch der Angeklagte. Somit lag für keinen von uns im Befehl des Kommandanten irgendetwas Besonderes oder gar Aufregendes. Iwan Ignatjewitsch ging den Baschkiren holen, den die Kommandantin auf dem Speicher eingeschlossen hatte, und schon nach wenigen Minuten war der Gefangene im Vorzimmer. Der Kommandant befahl, ihn vorzuführen.

Nur mit Mühe kam der Baschkire (er war in den Bock gespannt worden) über die Schwelle; er blieb an der Türe stehen und nahm seine hohe Mütze ab. Ich sah ihn an und schauderte. Ich werde diesen Menschen nie und nimmer vergessen. Er machte den Eindruck, als sei er siebzig. Er hatte weder Nase noch Ohren. Sein Haupt war kahl geschoren; einige graue Haare starrten anstelle des Bartes; sein Körper war klein, hager und gebeugt, aber Feuer funkelte noch immer in seinen eng geschlitzten Augen. »So, so!« rief der Kommandant, der an den schrecklichen Merkmalen einen der Rebellen, die 1741 bestraft wurden, in ihm erkannte, »du bist also ein alter Wolf und hast unsere Eisen schon kennengelernt. Das ist scheinbar nicht dein erster Aufstand, da dir der Kopf kahl geschoren ist. Komm nur näher heran: sag, wer hat dich geschickt?«

Allein der alte Baschkire schwieg und sah den Kommandanten mit dem Ausdruck völliger Verständnislosigkeit an. »Warum schweigst du?« fuhr Iwan Kusjmitsch fort, »oder verstehst du die russische Sprache nicht? Julai, frage ihn mal in eurer Sprache, wer ihn in unsere Festung geschickt hat!«

Julai wiederholte Iwan Kusjmitschs Frage in tatarischer Sprache. Aber der Baschkire sah auch ihn mit dem gleichen Ausdruck an und entgegnete kein Wort.

»Schon gut«, sagte der Kommandant, »ich bring dich schon noch zum Sprechen. Kinder! herunter mit dem gestreiften Narrenkittel und gerbt ihm das Fell mal. Und gib acht, Julai: gib's ihm ordentlich!«

Zwei der Invaliden schickten sich an, den Baschkiren zu entkleiden. Das Gesicht des Ärmsten zeigte Merkmale der Unruhe. Wie ein Tierchen, das von Kindern erwischt wurde, schaute er sich nach allen Seiten um. Doch als darauf einer der Invaliden seine Arme packte, sich um den Hals schlang und gleichzeitig den Alten mit den Schultern emporhob und Julai nach der Peitsche griff und ausholte -- da stöhnte der Baschkire flehend mit kaum vernehmlicher Stimme, schüttelte den Kopf und öffnete den Mund -- und wir sahen statt der Zunge nur einen kurzen Stummel sich darin bewegen...

Wenn ich bedenke, dass ich das erlebt habe und dass ich heute unter der milden Herrschaft des Kaisers Alexander lebe, so muss ich mich manchmal über den schnellen Fortschritt der Aufklärung und die Verbreitung der Humanität sattsam wundern. Jüngling, dem diese Aufzeichnungen in die Hände fallen sollten, denke immer daran, dass die besten und dauerhaftesten Veränderungen nur die sind, die ohne gewaltsame Erschütterung einzig der Verbesserung der Sitten entspringen!

Bestürzt blickten wir einander an.

»Na«, meinte der Kommandant, »aus dem werden wir scheinbar nichts Vernünftiges herausbekommen. Julai, der Baschkire kommt wieder auf den Speicher. Mit Ihnen, meine Herren, muss ich dagegen noch einiges besprechen.«

Wir beratschlagten darauf, was in unserer Lage zu unternehmen sei, als plötzlich Wassilissa Jegorowna keuchend und mit völlig verstörter Miene ins Zimmer trat.

»Was hast du?« fragt erstaunt der Kommandant.

»Etwas Schreckliches ist geschehen!« antwortete Wassilissa Jegorowna, »die Festung Nischneosernaja ist heute Morgen genommen worden. Der Tagelöhner des Priesters Gerassim traf soeben von dort ein. Er hat selber mit angesehn, wie sie erstürmt wurde. Der Kommandant und sämtliche Offiziere wurden aufgehängt. Alle Soldaten wurden gefangen genommen. Die Schufte werden im Handumdrehen hier sein.«

Die unerwartete Nachricht bewegte mich tief. Ich kannte den Kommandanten, es war ein stiller und bescheidener junger Mann: Vor etwa zwei Monaten kam er von Orenburg und logierte mit seiner jungen Gemahlin bei Iwan Kusjmitsch. Die Festung Nischneosernaja lag nur fünfundzwanzig Werst von der unsrigen entfernt. Mithin konnten wir den Überfall Pugatschows fast stündlich erwarten. Lebhaft malte ich mir das Los aus, das Marja Iwanowna bevorstand, und das Herz erstarrte mir bei dem Gedanken.

»Iwan Kusjmitsch, ein Wort!« sprach ich zum Kommandanten. »Unsere Pflicht ist es, die Festung bis zum letzten Atemzuge zu verteidigen; darüber ist kein Wort zu verlieren. Allein wir müssen auch an die Sicherheit der Frauen denken. Schicken Sie sie, wenn die Straße noch frei sein sollte, nach Orenburg oder noch besser in eine noch weiter entfernte und sichere Festung, zu der die Schurken nie gelangen können.«

Iwan Kusjmitsch drehte sich sofort zu seiner Gattin um und sagte:

»Hör mal, Mütterchen, in der Tat, wäre es nicht am besten, euch so lange fortzuschaffen, bis wir mit den Rebellen fertig geworden sind?«

»Dummes Zeug!« entgegnete die Kommandantin. »Wo wäre denn die Festung, in die keine Kugeln fliegen können? Und wieso ist denn Bjelogorsk unsicher?

Wir leben, gottlob, schon das zweiundzwanzigste Jahr hier. Baschkiren gab es und Kirgisen: wir werden auch Pugatschow noch überstehen!«

»Gut, Mütterchen«, erwiderte Kusjmitsch, »dann bleib eben, wenn du so ein Vertrauen zu unserer Festung hast. Aber Mascha, was machen wir mit der? Es ist schon recht, wenn wir aushalten oder gar Sukkurs bekommen, dann ist alles in Ordnung; wie aber, wenn die Halunken die Festung erobern?«

Wassilissa Jegorowna war verstummt, und nur ihre Miene zeigte uns, wie erregt sie war.

»Nein, nein, Wassilissa Jegorowna«, fuhr der Kommandant fort, da er gewahr wurde, dass seine Worte, was ihm vielleicht zum ersten Mal im Leben geschah, Eindruck gemacht hatten, »dies ist kein Ort mehr für Mascha. Wir wollen sie nach Orenburg zu ihrer Taufpatin schicken: dort gibt es Truppen genug und Kanonen vollauf, und zudem ist der Wall von Stein. Auch dir möchte ich raten, dich dorthin zu begeben; bist du auch eine alte Frau, überleg nur mal, es weiß dennoch niemand, was sie mit dir machen werden, wenn sie die Festung im Sturm einnehmen sollten.«

»Gut denn«, sagte die Kommandantin, »es soll so sein, wir schicken Mascha fort. Aber lass es dir auch nicht im Traume einfallen, weiter in mich zu dringen: ich gehe nicht fort von hier; soll ich mich vielleicht auf meine alten Tage noch von dir trennen und ein einsames Grab in fremdem Lande suchen? Zusammen gelebt, zusammen gestorben!«

»Schon recht!« sagte der Kommandant. »Doch nun ans Werk. Geh und sieh zu, dass Mascha zur Reise fertig wird. Morgen in aller Frühe muss sie fort, und zwar unter Bedeckung, obwohl wir ohnehin zu wenig Leute haben. Übrigens, wo steckt denn Mascha?«

»Sie blieb bei Akulina Pamphilowna«, entgegnete die Kommandantin. »Als sie von der Einnahme der Festung Nischneosernaja vernahm, wurde ihr übel; ich fürchte, sie wird uns noch krank. Herr, mein Gott, dass wir das noch erleben mussten!«

Wassilissa Jegorowna verließ uns, um alles zur Abreise ihrer Tochter vorzubereiten. Die Beratung beim Kommandanten dauerte fort; ich aber kümmerte mich wenig darum und hörte kaum mehr zu. Marja Iwanowna erschien zum Abendessen, sie war blass und verweint. Wir aßen schweigend und erhoben uns früher vom Tisch als sonst; wir nahmen Abschied von der Familie und gingen jeder in seine Wohnung. Allein ich vergaß nicht ohne Absicht meinen Degen und kehrte zurück, ihn zu holen: Ich hatte eine Vorahnung, dass ich Marja Iwanowna allein antreffen würde. Und in der Tat, sie stand in der Tür und überreichte mir den Degen. »Leben Sie wohl, Pjotr Andrejewitsch«, sagte sie unter Tränen. »Man schickt mich nach Orenburg. Möge es Ihnen gut gehen und mögen Sie am Leben bleiben; will's Gott, wir sehen einander wieder; doch wenn nicht...« Sie schluchzte laut auf. Ich umarmte sie. »Lebe wohl, mein guter Engel«, flüsterte ich. »Lebe wohl, du Geliebte, du Ersehnte! Was immer mir auch zustoßen möge, wisse, mein letzter Gedanke, mein letztes Gebet werden nur dir gehören!« Mascha weinte und schmiegte sich an meine Brust. Ich küsste sie noch einmal mit aller Glut und eilte aus dem Hause.

In dieser Nacht konnte ich nicht schlafen, ich kleidete mich auch gar nicht erst aus. Ich wollte vor Sonnenaufgang am Festungstore sein, das Marja Iwanowna passieren musste, und ich gedachte dort Abschied von ihr zu nehmen. Ich fühlte eine große Veränderung in mir vorgehen: Die gewaltige seelische Erregung war mir viel weniger qualvoll als jene trübe Stumpfheit, die mich noch kürzlich so völlig umsponnen hatte. Mit der Abschiedstrauer verschmolzen in mir ungewisse, aber süße Hoffnungen, die ungeduldige Erwartung der Gefahr und der Eifer eines edlen Ehrgeizes. Unversehens verstrich die Nacht. Ich war gerade im Begriff, das Haus zu verlassen, als meine Tür sich öffnete und ein Korporal bei mir erschien; er meldete, unsere Kosaken seien nachts aus der Festung gerückt, wobei sie Julai gewaltsam mit sich hinweggeführt hätten, unweit der Festung aber seien im Felde unbekannte Reiter zu sehen. Der Gedanke, dass Marja Iwanowna vielleicht nicht mehr weg könne, erschreckte mich ungemein; ich gab dem Korporal in aller Eile einige Instruktionen und lief zum Kommandanten.

Es dämmerte bereits. Ich flog über die Straße, da hörte ich meinen Namen rufen. Ich blieb stehen.

»Wohin?« fragte Iwan Ignatjewitsch, als er mich eingeholt hatte. »Iwan Kusjmitsch ist auf dem Walle und schickt mich, Sie zu holen. Pugatschow steht vor der Festung.«

»Und Marja Iwanowna, ist sie fort?« fragte ich mit innerem Schaudern.

»Es war zu spät«, antwortete Iwan Ignatjewitsch, »die Straße nach Orenburg ist abgeschnitten; die Festung ist umzingelt. Schlimm, Pjotr Andrejewitsch!«

Wir erstiegen den Wall, eine Erhöhung, die von der Natur gebildet war und durch einen Palisadenzaun geschützt wurde. Sämtliche Bewohner der Festung befanden sich dort. Die Garnison stand unter Gewehr. Die Kanone war schon gestern hinaufgeschleppt worden. Der Kommandant schritt vor seiner wenig Köpfe zählenden Front auf und ab. Die Nähe der Gefahr beseelte den alten Krieger mit außerordentlichem Mute. Auf der Steppe sah man einige zwanzig Mann in der Nähe der Festung hin und her reiten. Es schienen Kosaken zu sein, doch befanden sich auch Baschkiren unter ihnen, leicht erkennbar an ihren Luchsmützen und an den Köchern. Der Kommandant schritt seine Truppen ab und sprach zu den Soldaten: »Nun, Kinder, heute gilt's, für unser Mütterchen, die Kaiserin, zu kämpfen und der ganzen Welt zu beweisen, dass wir wackere Leute sind und unserem Eide treu!« Laut versicherten ihm die Soldaten ihren Mut; Schwabrin stand derweilen neben mir und beobachtete angestrengt den Feind. Die Männer, die in der Steppe hin und her ritten, bemerkten, dass in der Festung etwas vor sich ging, sammelten sich zu einem Haufen und berieten. Der Kommandant erteilte Iwan Ignatjewitsch den Befehl, die Kanone auf sie zu richten, und legte selber die Lunte an. Die Kugel summte, ohne Unheil anzurichten, über ihre Köpfe hinweg. Die Reiter zerstreuten sich und waren uns im Nu aus den Augen -- die Steppe lag verödet da.

In diesem Augenblick kam Wassilissa Jegorowna auf den Wall und mit ihr Mascha, die nicht von ihrer Seite weichen wollte.

»Nun?« fragte die Kommandantin, »wie steht die Bataille? Wo ist denn der Feind?«

»Der Feind ist nah«, antwortete Iwan Kusjmitsch, »allein mit Gottes Hilfe wird es schon gehen. Na, Mascha, hast du nicht Angst?«

»Nein, Väterchen«, entgegnete Marja Iwanowna, »zu Hause allein zu bleiben, ist noch schrecklicher.«

Sie sah mich an und zwang sich zu lächeln. Unwillkürlich presste meine Hand den Degengriff, denn ich erinnerte mich daran, dass ich ihn gestern aus ihrer Hand erhalten hatte, gewissermaßen zur Verteidigung meiner Liebsten. Mein Herz flammte auf. Ich sah mich als ihren Ritter an. Ich brannte vor Verlangen zu beweisen, dass ich ihres Vertrauens würdig sei, und erwartete mit Ungeduld die entscheidende Minute.

Aber da quollen auch schon hinter einer Anhöhe, die eine halbe Werst vor der Festung lag, neue Reitertrupps hervor, und bald war die Steppe übersät von einer Menschenmenge, bewaffnet mit Lanzen. In ihrer Mitte ritt auf einem weißen Pferd ein Mann in einem roten Kaftan, den blanken Säbel in der Faust: Das war Pugatschow. Er machte halt; man umringte ihn, und gleich darauf trennten sich offenbar auf seinen Befehl vier Mann von der Gruppe und fegten bis dicht an die Festung heran. Wir erkannten in ihnen unsere verräterischen Kosaken. Einer von ihnen schwang über seiner Mütze ein Blatt Papier; ein anderer trug aufgespießt auf seiner Lanze das Haupt Julais und schleuderte es über den Zaun zu uns. Der Kopf des armen Kalmücken fiel gerade vor den Füßen des Kommandanten nieder. Die Verräter schrien:

»Nicht schießen! Kommt alle zum Zaren heraus! Der Zar ist hier!«

»Ich werde euch was!« schrie Iwan Kusjmitsch. »Gebt Feuer!«

Eine Salve krachte. Der Kosak, der den Brief geschwungen hatte, schwankte und glitt vom Pferde; die anderen sprengten zurück. Ich blickte Marja Iwanowna an. Das blutige Haupt Julais und das Krachen der

Schüsse hatten sie fast bewusstlos gemacht. Der Kommandant rief den Korporal heran und befahl ihm, das Papier, das der gefallene Kosak getragen hatte, zu holen. Der Korporal schritt übers Feld und kehrte zurück, das Pferd des Getöteten am Zügel mit sich führend. Er überreichte dem Kommandanten das Schreiben. Iwan Kusjmitsch las es für sich und zerriss es darauf in kleine Stücke. Unterdessen bereiteten sich die Empörer sichtlich zu neuen Taten vor. Bald darauf pfiffen bereits die Kugeln um unsere Ohren, dicht neben uns bohrten sich einige Pfeile in den Boden und den Palisadenzaun. »Wassilissa Jegorowna!« sagte da der Kommandant, »dies ist kein Aufenthalt für Frauen, führ' Mascha fort; du siehst ja, das Mädel ist mehr tot als lebendig.«

Wassilissa Jegorowna, die beim Kugelpfeifen ganz kleinlaut geworden war, blickte noch einmal hinaus auf die Steppe, auf der man bereits eine große Bewegung wahrnehmen konnte; dann aber wendete sie sich zu ihrem Gemahl und sagte: »Iwan Kusjmitsch, über Leben und Tod entscheidet einzig der Herr: du aber segne jetzt Mascha. Mascha, tritt vor den Vater.«

Bleich und zitternd kam Mascha heran, sie kniete nieder und beugte sich vor Iwan Kusjmitsch tief zur Erde. Und der alte Kommandant beschrieb dreimal das Zeichen des Kreuzes über ihr; dann hob er sie auf, küsste sie und sprach mit einer Stimme, die anders klang als gewöhnlich:

»Mögest du glücklich werden, Mascha. Bete zu Gott: Er wird dich nicht verlassen. Und findest du einmal einen guten Mann, so schenke Gott euch Liebe und Verstand. Lebt miteinander, wie ich mit Wassilissa Jegorowna gelebt habe. Leb wohl, meine Mascha.

Wassilissa Jegorowna, führ' sie weg.« Mascha umschlang ihn und schluchzte laut.

»Wollen auch wir einander den Abschiedskuss geben«, sagte die Kommandantin und begann zu weinen. »Leb wohl, mein Iwan Kusjmitsch, vergib mir, wenn ich dich irgendwann gekränkt habe!«

»Leb wohl, Mütterchen, leb wohl!« sagte der Kommandant und umarmte seine greise Gattin. »Schon gut! Genug! Geht jetzt, geht nach Hause; und solltest du noch Zeit finden, so ziehe Mascha einen Sarafan an.«

Die Kommandantin und ihre Tochter entfernten sich. Ich schaute Marja Iwanowna nach; sie drehte sich um und nickte mir zu. Gleichzeitig wendete sich Iwan Kusjmitsch zu uns und richtete seine volle Aufmerksamkeit auf den Feind. Die Aufständischen sammelten sich um den Führer und kletterten mit einem Male von ihren Pferden. »Jetzt haltet euch«, rief der Kommandant, »jetzt kommt der Angriff...« Im gleichen Augenblick erscholl von dort ein grässliches Kreischen und Schreien; die Anführer liefen Sturm auf die Festung. Unsere Kanone war diesmal mit Kartätschen geladen worden. Der Kommandant feuerte erst, als jene schon ganz nahe herangekommen waren. Die Kartätsche platzte gerade in der Mitte des Haufens. Die Empörer wichen nach beiden Seiten aus und fluteten zurück. Nur ihr Anführer blieb immer noch vorne. Er schwang den Säbel und sprach ihnen, wie es schien, Mut zu... Das Kreischen und Schreien, das auf einen Augenblick verstummt war, hob sogleich von neuem an. »Nun, Kinder«, rief der Kommandant, »öffnet das Tor, rührt die Trommel. Kinder! Vorwärts! Zum Ausfall! Mir nach!«

In einem Nu waren wir vor dem Festungswall, der Kommandant, Iwan Ignatjewitsch und ich; allein unsere eingeschüchterte Truppe rührte sich nicht vom Fleck. »Kinder, warum steht ihr noch da?« schrie Iwan Kusjmitsch. »Wenn schon sterben, dann für die Pflicht sterben!« Allein da waren auch schon die Rebellen über uns und drangen in die Festung. Die Trommel schwieg; die Garnison streckte das Gewehr; ich wurde umgeworfen, erhob mich jedoch und drang gleichzeitig mit den Aufrührern in die Festung. Der Kommandant war am Kopf verwundet worden, er stand, umringt von einer Schar von Schurken, die ihm die Schlüssel abverlangten. Ich wollte ihm zu Hilfe eilen, aber ich wurde von einigen baumlangen Kosaken gepackt und mit Gürtelriemen gefesselt; sie riefen mir zu: »Wartet nur, ihr habt dem Kaiser den Gehorsam verweigert!« Man zerrte uns durch die Straßen; aus den Häusern traten die Einwohner mit Brot und Salz. Die Glocken läuteten. Plötzlich schrie man ringsum, der Herrscher sei auf dem Marktplatz, um die Huldigung entgegenzunehmen, und erwarte dort die Gefangenen. Das Volk flutete zum Markt; auch wir wurden dorthin getrieben.

Pugatschow saß auf einem Lehnstuhl vor dem Eingang zum Hause des Kommandanten. Er trug einen roten Kosakenkaftan, reich mit Tressen verziert. Die mit goldenen Quasten geschmückte Zobelmütze hatte er tief in die Stirn gedrückt, fast bis zu den funkelnden Augen. Sein Gesicht kam mir irgendwie bekannt vor. Die Kosakenältesten umringten ihn. Blass und zitternd stand der Priester Gerassim an der Treppe und hielt das Kreuz, und es war, als bitte er schweigend, die unvermeidbaren Opfer zu verschonen. In aller Eile wurde auf dem Platz ein Galgen errichtet. Als wir uns näherten, trieben die Baschkiren das Volk auseinander, und so standen wir denn vor Pugatschow. Das Glockengeläute verstummte; eine tiefe Stille trat ein. »Welcher von ihnen ist der Kommandant?« fragte der Usurpator. Da trat unser entflohener Kosakenunteroffizier aus der Menge und zeigte auf Iwan Kusjmitsch. Pugatschow blickte den Greis zornig an und sprach: »Und du wagtest es, dich mir, deinem Herrscher, zu widersetzen?« Allein obwohl der Kommandant furchtbar unter seiner Wunde litt, raffte er die letzte Kraft zusammen und entgegnete fest: »Du bist für mich kein Herrscher: du bist ein Dieb und ein Usurpator, hörst du!« Pugatschow wurde düster und winkte mit einem weißen Tuch. Sogleich packten einige Kosaken den greisen Hauptmann und zerrten ihn zum Galgen. Oben auf dem Querbalken hockte jener verstümmelte Baschkire, den wir am Abend vorher verhören wollten. Er hielt den Strick, und gleich darauf sah ich den armen Iwan Kusjmitsch in der Luft baumeln. Als Zweiter wurde Iwan Ignatjewitsch vor Pugatschow geführt. »Leiste den Eid«, sprach Pugatschow zu ihm, »den Eid dem Zaren Pjotr Fjodorowitsch!« »Was bist du für ein Zar«, entgegnete ihm Iwan Ignatjewitsch und wiederholte die Worte seines Hauptmanns, »du, Onkelchen, bist ein Dieb und ein Usurpator!« Und wieder winkte Pugatschow mit dem Tuch, und sogleich hing der brave Leutnant neben seinem alten Kommandeur.

Nun war die Reihe an mir. Mit der Absicht, die Worte meiner heldenmütigen Kameraden zu wiederholen, blickte ich Pugatschow dreist ins Gesicht. Allein da gewahrte ich plötzlich zu meinem unbeschreiblichen Erstaunen im Kreise der Ältesten der Aufständischen Schwabrin, er trug die Haare rundgeschoren und einen Kosakenkaftan. Er näherte sich Pugatschow und flüsterte ihm einige Worte ins Ohr. »Aufhängen!«

sagte Pugatschow, ohne mich eines Blickes zu würdigen. Augenblicks wurde mir die Schlinge um den Hals gezogen. Ich betete still für mich und brachte Gott meine aufrichtige Reue wegen all meiner Sünden dar, aber ich flehte auch um die Rettung all derer, die ich in meinem Herzen trug. Man zerrte mich unter den Galgen. »Keine Angst, keine Angst«, riefen mir meine Peiniger zu, und es kann sein, dass sie mich in der Tat ermuntern wollten. Plötzlich hörte ich jemanden schreien: »Haltet ein, ihr Verfluchten! So wartet doch...« Meine Henker blieben stehen. Ich blickte auf: Ssaweljitsch kniete vor Pugatschow. »Herr und Vater!« redete ihn mein armer Alter an. »Was kann dir daran liegen, dass das Herrenkind stirbt? Gib ihn frei; du wirst gewiss ein Lösegeld bekommen; und wenn du wirklich jemanden brauchst, um ein abschreckendes Beispiel zu geben, dann lass lieber mich alten Mann aufhängen!« Pugatschow winkte, und sogleich wurde ich losgebunden und war frei. »Unser Väterchen begnadigt dich«, rief man mir zu. Ich kann wirklich nicht sagen, ob ich mich in dieser Minute über meine Rettung besonders freute, ich will freilich auch nicht sagen, dass ich sie etwa bedauert hätte. Meine Empfindungen waren äußerst unklar. Ich wurde aufs Neue vor den Usurpator geführt und musste vor ihm niederknien. Pugatschow streckte mir seine nervige Hand hin. »Die Hand küssen! Küss die Hand!« rief es rings. Allein ich hätte die grausamste Marter dieser schmachvollen Selbsterniedrigung vorgezogen. »Pjotr Andrejewitsch, Väterchen!« flüsterte mir Ssaweljitsch, der hinter mir kniete, zu und stieß mich zugleich sanft vorwärts. »Sei nicht eigensinnig! Was ist schon dabei? Spuck einmal kräftig aus und küss ihm das Händchen.« Aber ich rührte mich nicht. So ließ denn Pugatschow seine Hand sinken und meinte spöttisch: »Seine

Hochwohlgeboren sind vor Freude närrisch geworden. Hebt ihn auf!« Man zerrte mich auf, ich war in Freiheit und wurde Augenzeuge vom weiteren Verlauf dieser grauenhaften Komödie.

Die Einwohner der Festung leisteten den Huldigungseid. Einer nach dem anderen traten sie heran, küssten das Kreuz und neigten sich vor dem Usurpator bis zur Erde. Auch die Soldaten der Garnison befanden sich hier. Der Kompanieschneider schnitt mit seiner stumpfen Schere allen die Zöpfe ab. Sie schüttelten sich und traten vor Pugatschow, ihm die Hand zu küssen, und er gewährte ihnen seine Verzeihung und nahm sie in seine Bande auf. Das dauerte gegen drei Stunden. Endlich erhob sich Pugatschow von seinem Lehnstuhl und schritt, umringt von den Ältesten, die Stufen hinab. Sein weißes Roß, dessen Geschirr reich geschmückt war, wurde ihm vorgeführt. Zwei Kosaken stützten ihn, als er es bestieg. Er teilte dem Priester Gerassim mit, dass er bei ihm zu Mittag speisen werde. Da plötzlich ertönte Weibergekreisch. Einige Räuber zerrten die zerzauste Wassilissa Jegorowna, die sie völlig entkleidet hatten, auf den Vorplatz. Einer von ihnen hatte sich in aller Eile bereits ihre warme Wolljacke angezogen. Andere waren mit Daunenbetten beladen und schleppten Kisten, Teegeschirr, Wäsche und Hausgerät. »Gute Leute!« schrie die arme Alte, »lasst meine geplagte Seele in Ruh. Ich bitte euch, bringt mich zu meinem Iwan Kusjmitsch!« Aber plötzlich sah sie auf, erblickte den Galgen und erkannte ihren Gatten. »Ihr Mörder!« schrie sie in Raserei, »was habt ihr ihm angetan? O, du Licht meiner Augen, Iwan Kusjmitsch, mein tapferer Soldat! Die Bajonette der Preußen haben dich verschont, und die Kugeln der Türken sind an dir vorbeigeflogen; aber nicht durftest du dein Leben im ehrlichen Kampf lassen, genommen hat es dir ein entflohener Sträfling!« -- »Fort mit der alten Vettel!« rief Pugatschow, und sogleich versetzte ihr ein junger Kosak einen Säbelhieb über den Kopf, worauf sie tot auf den Stufen niedersank. Pugatschow ritt davon; das Volk rannte ihm nach.

Der Marktplatz leerte sich. Ich jedoch stand immer noch regungslos auf dem gleichen Fleck und vermochte meine Gedanken, verstört durch all die grässlichen Eindrücke, nicht zu sammeln.

Am meisten bedrückte mich, dass ich nichts über Marja Iwanownas Schicksal wusste. Wo mochte sie stecken? Was war mit ihr geschehen? War es ihr gelungen, sich zu verbergen? Hatte sie einen sicheren Zufluchtsort gefunden?... Voll besorgter Gedanken begab ich mich in das Kommandantenhaus. Alles war darin verwüstet; Stühle, Tische und Kästen -- alles zerbrochen; zerschlagen das Geschirr; vieles gestohlen. Ich eilte die kleine Treppe, die zum Schlafzimmer führte, hinan und betrat zum allerersten Male Marja Iwanownas Zimmer. Da war ihr Bett, das die Räuber um und um gewühlt hatten; der Schrank war erbrochen und ausgeplündert; aber noch immer brannte das Lämpchen vor dem Heiligenschrein. Doch wo, wo mochte nur die Herrin sein? Ein schauerlicher Gedanke drängte sich mir unwillkürlich auf: wie, wenn sie den Schurken in die Hände gefallen wäre... Mein Herzschlag stockte. Bittere, bittere Tränen vergoss ich, und laut stöhnte ich den Namen meiner Geliebten... Allein plötzlich wurde ein leichtes Geräusch vernehmbar, und hinter dem Schrank glitt blass und bebend Palaschka hervor.

»Ach, Pjotr Andrejewitsch!« rief sie händeringend, »was für ein Tag! Was haben wir alles erleben müssen!«

»Wo ist Marja Iwanowna?« fragte ich sie ungeduldig. »Was macht sie?«

»Das gnädige Fräulein ist wohlauf«, entgegnete Palaschka, »wir haben sie bei Akulina Pamphilowna verborgen.«

»Bei der Frau des Popen!« Ich schrie es voll Entsetzen. »Um Himmels willen! Und Pugatschow ist gerade dort!...«

Sogleich eilte ich aus dem Zimmer und war augenblicklich auf der Straße und flog spornstreichs besinnungslos zum Hause des Priesters. Lachen, Schreien und Lieder drangen mir entgegen... Pugatschow tafelte dort im Kreise seiner Genossen. Palaschka lief hinter mir her. Ich bat sie, so heimlich als nur möglich Akulina Pamphilowna herauszurufen. Nach wenigen Augenblicken erschien diese, eine Schnapsflasche in der Hand.

»Um Gottes willen! Wo ist Marja Iwanowna?« fragte ich in unsagbarer Erregung.

»Sie liegt, das Täubchen, dort hinter der Scheidewand auf einem Bett«, erwiderte die Popenfrau. »Ach, Pjotr Andrejewitsch, fast hätte es ein Unglück gegeben; Gott sei Dank, es ging noch gut ab. Der Schurke hatte sich gerade an die Tafel gesetzt, da kam das arme Ding zu sich und begann zu stöhnen! Mir wurde ganz kalt dabei. Er hörte es. ›Wer stöhnt da in deiner Wohnung, Alte?‹ Ich machte vor dem Diebe eine tiefe Verbeugung: ›Meine Nichte ist es, großer Herrscher, sie ist krank und liegt schon die zweite Woche.‹ -- ›Ist sie jung, deine Nichte?‹ -- ›Großer Herrscher, sie ist jung.‹ -- ›Na, Alte, dann zeig sie mir mal, deine Nichte.‹ Mein Herz klopfte, als wollte es zerspringen, aber was konnte ich tun? ›Zu Diensten, großer Herrscher; es ist nur das eine: die Dirne kann sich nicht erheben, um vor

Deine Majestät zu treten.‹ -- ›Macht nichts, Alte, dann geh ich eben selber, sie anzuschauen.‹ Und er ging wirklich, der Verfluchte, hinter die Scheidewand, und was meinst du! Er schlug tatsächlich den Vorhang zurück und schaute hinein und sah sie mit seinen Habichtsaugen an -- aber nichts weiter ... Gott half uns! Doch willst du's mir glauben, ich und mein Alter machten uns schon bereit, den Märtyrertod zu erleiden. Es ist noch ein wahres Glück, dass mein Täubchen ihn nicht erkannt hat. Herr, mein Gott, schöne Zeiten sind über uns gekommen! Wahrhaftig! Und der arme Iwan Kusjmitsch! Wer hätte das gedacht!... Und Wassilissa Jegorowna? Und Iwan Ignatjewitsch? Wofür musste denn er leiden? ... Wieso hat man eigentlich Sie laufen lassen? Aber wie gefällt Ihnen Schwabrin? Das Haar rund geschoren, so sitzt er jetzt bei uns und tafelt mit den anderen! Ein gewandter Schuft, das kann man wohl sagen! Als ich von der kranken Nichte erzählte, es ist kaum zu glauben, da sah er mich fest an, sodass es mir durch und durch ging, als hätte man mich mit einem Messer gestochen; doch er hat mich nicht verraten, schon dafür sei ihm Dank.«

In diesem Augenblick drangen die trunkenen Rufe der Gäste zu uns heraus und die Stimme des Priesters Gerassim. Die Gäste forderten Schnaps, und der Hausherr rief nach seiner Ehehälfte. Die Popenfrau wurde unruhig.

»Machen Sie jetzt, dass Sie nach Hause kommen, Pjotr Andrejewitsch«, sagte sie, »besser, Sie lassen sich hier nicht sehen; es ist ein tolles Saufgelage. Es könnte ein Unglück geben, wenn Sie den Betrunkenen in die Hände fallen. Leben Sie wohl, Pjotr Andrejewitsch. Was geschehen soll, wird geschehen; Gott wird uns gewiss nicht verlassen!«

Mit diesen Worten verließ mich die Popenfrau. Das Gespräch hatte mich ein wenig beruhigt, und so kehrte ich denn in meine Wohnung zurück. Als ich am Marktplatz vorbeikam, sah ich einige Baschkiren sich um den Galgen drängen und von den Leichen der Gehenkten die Stiefel reißen; nur mit Mühe dämpfte ich eine Aufwallung des Zornes in mir, denn ich sagte mir, dass mein Eingreifen doch nur erfolglos verlaufen würde. Durch die Festung streiften Räuber und plünderten die Offizierswohnungen. Von allen Seiten drang das Grölen der betrunkenen Rebellen. Ich kam vor meinem Hause an. Ssaweljitsch erwartete mich auf der Schwelle.

»Gottlob!« rief er bei meinem Anblick. »Ich fürchtete schon, die Bösewichter hätten dich aufs Neue ergriffen. Väterchen Andrejewitsch, es ist nicht zu glauben, die Betrüger haben uns ratzekahl ausgeplündert: die Kleider sind fort, die Wäsche, unser Gepäck und unser Geschirr -- nichts ließen sie stehen. Aber was macht das! Gott sei Dank, dass sie dich wenigstens am Leben gelassen haben! Und sag, Herr, hast du ihn eigentlich erkannt, den Kosakenataman?«

»Nein, ich kann mich nicht erinnern; wer ist es denn?«

»Väterchen, wie? Hast du ihn vergessen, den Trunkenbold, der dir in jener Herberge dein gutes Pelzchen abgeschwindelt hat? Und dabei war er fast noch neu, der Hasenpelz; alle Nähte krachten, als die Bestie sich hineinzwängte!«

Es war erstaunlich. Die Ähnlichkeit zwischen Pugatschow und jenem Führer war in der Tat überaus auffallend. Nach und nach kam ich zur Oberzeugung, dass Pugatschow und jener ein und dieselbe Person seien, und da erst begriff ich die Ursache, warum ich begnadigt worden war. Um so wunderlicher war mir die sonderbare Verkettung der Umstände: ein Kinderpelz, einem Landstreicher geschenkt, bewahrte mich vor dem Galgen, und ein Trunkenbold, der von Wirtshaus zu Wirtshaus taumelte, belagerte nun Festungen und verursachte eine Erschütterung des ganzen Staates!

»Willst du nicht etwas essen?« fragte Ssaweljitsch, der in seinen Gewohnheiten stets der gleiche blieb. »Zu Hause haben wir freilich nichts; aber ich will gehen, mich umschauen und dir etwas zurechtmachen.«

Nun war ich allein und verfiel sogleich in tiefes Nachdenken. Was sollte ich tun? In der Festung bleiben, die sich den Räubern unterworfen hatte, oder gar seiner Bande folgen -- beides war eines Offiziers unwürdig. Gebot der Pflicht war es für mich, dorthin zu eilen, wo meine Dienste dem Vaterlande in den gegenwärtigen schwierigen Zeitläufen nützlich sein konnten ... Die Liebe allerdings riet mir nachdrücklich, bei Marja Iwanowna zu bleiben, um sie zu verteidigen und zu beschützen. Und obwohl ich keineswegs daran zweifelte, dass eine baldige Änderung in den Zuständen eintreten müsse, zitterte ich dennoch, wenn ich mir die Gefahren, denen sie in ihrer jetzigen Lage ausgesetzt war, vor Augen führte.

Meine Überlegungen unterbrach der Eintritt eines Kosaken, der zu mir mit der Meldung gelaufen kam: »Der große Kaiser fordert dich vor sich.«

»Wo finde ich ihn?« fragte ich, entschlossen zu gehorchen.

»Im Kommandantenhause«, antwortete der Kosak. »Nach dem Mittagessen begab sich unser Väterchen in die Badstube, und jetzt ruht er aus. Euer Gnaden, man kann an allem sehen, dass es eine große Persönlichkeit ist, bei Tisch hat er zwei ganze gebratene Spanferkel zu verspeisen geruht, und das Dampfbad nahm er so heiß, dass nicht einmal Taras Kurotschkin es aushalten konnte und den Birkenbesen Tomjka übergab und erst wieder recht lebendig wurde, nachdem er mit vielem kalten Wasser übergossen worden war. Ja, da kann man nichts sagen, das sind alles so gewichtige und bedeutende Gebräuche ... Und er hat auch, wie man hört, dortselbst in der Badstube seine kaiserlichen Merkmale auf der Brust vorgewiesen: auf der einen Brust ein Doppeladler, groß wie ein Fünfkopekenstück und auf der anderen Brust seine eigene Person.«

Es war zwecklos, die Ansicht des Kosaken zu bestreiten, und so folgte ich ihm denn in das Haus des Kommandanten, indem ich mir meine Begegnung mit Pugatschow ausmalte und zu erraten versuchte, wie das alles enden würde. Der Leser kann sich leicht vorstellen, dass ich dabei nicht ganz kaltblütig war.

Es dämmerte bereits, als ich zum Hause des Kommandanten kam. Dunkel und grauenhaft drohte der Galgen mit den zwei Gehenkten. Vor dem Hauseingang lag noch immer der Leichnam der armen Kommandantin, zwei Kosaken hielten vor dem Hause Wache. Der Kosak, der mich hergeführt hatte, begab sich ins Haus, um mich zu melden; er kehrte sogleich zurück und führte mich in dasselbe Zimmer, in dem ich tags zuvor von Marja Iwanowna Abschied genommen hatte.

Das Bild, das sich mir beim Eintritt bot, war recht ungewöhnlich. Sie saßen am Tisch, ein Tischtuch lag darauf, und auf diesem standen unzählige Karaffen und Gläser. Pugatschow und einige zehn seiner Kosakenältesten tranken dort, sie trugen ihre Mützen und die geblümten Hemden und waren vom Wein erhitzt, ihre Gesichter glühten, und die Augen funkelten. Aber weder Schwabrin noch unser Kosakenunteroffizier, die beiden neu geworbenen Verräter, befanden sich in ihrer Schar. »Sieh da, Euer Gnaden!« sagte Pugatschow, als ich eintrat, »willkommen; schön, dass du uns die Ehre erweisest, nimm Platz, wenn es dir beliebt.« Sie rückten zusammen. Schweigend ließ ich mich am Tischende nieder. Mein Nachbar, ein junger Kosak, schlank und schön, schenkte mir ein Glas gewöhnlichen Schnapses ein, aber ich berührte es nicht. Neugierig betrachtete ich die eigentümliche Gesellschaft. Pugatschow saß auf dem Ehrenplatz, beide Ellenbogen auf dem Tisch, und stützte den schwarzen Bart auf seine breite Faust. In seinen regelmäßigen und durchaus nicht unangenehmen Zügen war nichts von Grausamkeit zu lesen. Am meisten sprach er mit einem Mann von etwa fünfzig Jahren, den er zuweilen Graf nannte und zuweilen Timofejewitsch und hie und da sogar Onkelchen. Sie verhielten sich alle zueinander wie Kameraden, ich konnte nicht wahrnehmen, dass sie ihrem Führer besondere Wertschätzung gezollt hätten. Sie sprachen vom Angriff am Morgen, von den Fortschritten, die der Aufruhr machte, und auch von dem, was sie noch in Zukunft zu verrichten gedachten. Ein jeder von ihnen prahlte weidlich und wollte nur seine Meinung gelten lassen und widersprach Pugatschow nach Belieben. Und eben in diesem seltsamen Kriegsrate fassten sie den Beschluss, auf Orenburg zu marschieren, ein verwegenes Unternehmen, das, wie man sich erinnern wird, fast von unheilvollem Erfolg gekrönt wurde! Der Feldzug wurde schon für den nächsten Tag angesetzt. »So, ihr Brüderchen«, sagte Pugatschow endlich, »und nun lasst uns, bevor wir schlafen gehen, mein Lieblingslied singen. Tschumakow, fang an!«

Mein Nachbar stimmte mit einem hohen Kopflaut das herzzerreißende Räuberlied an, und alle fielen im Chor ein.

Sollte ich schildern, welchen Eindruck dieses einfache Volkslied vom Galgen, von Männern gesungen, die dem Galgen verfallen waren, auf mich machte, ich könnte es nicht. Die wilden Gesichter, die wohllautenden Stimmen, der schwermütige Ausdruck, den sie den ohnehin schon ausdrucksvollen Worten gaben -- all das erschütterte mich.

Jeder von ihnen leerte noch ein Glas, worauf sich alle erhoben und von Pugatschow Abschied nahmen. Ich wollte eigentlich das Gleiche tun, aber Pugatschow hielt mich zurück: »Bleib nur; ich will noch mit dir sprechen.« So blieben wir denn allein.

Wir schwiegen beide einige Minuten. Pugatschow sah mich fest an, nur ab und zu zwinkerte er mit dem linken Auge, und dann nahm sein Gesicht einen überraschenden Ausdruck von Schalkhaftigkeit und Spott an. Plötzlich lachte er laut auf, wobei sein Lachen von einer so ungekünstelten Lustigkeit war, dass auch ich bei seinem Anblick lachen musste, wusste ich auch eigentlich nicht, warum.

»Nun, Euer Gnaden?« fing er an. »Gesteh´s nur, als meine Burschen dir die Schlinge um den Hals warfen, da war´s dir nicht besonders gut zumute? Was? Ich meine, da dürft´ es dir schwarz vor den Augen geworden sein... Du hättest am Querbalken baumeln müssen, wenn nicht dein Diener gekommen wäre. Den habe ich gleich erkannt. Was, Euer Gnaden, hättest du das für möglich gehalten, dass der Mann, der dir den Weg zu jener Herberge zeigte, selber der große Kaiser war?« (Bei diesen Worten nahm er eine bedeutende und geheimnisvolle Miene an.) »Du hast dich schwer an mir vergangen«, fuhr er fort, »aber ich habe dir verziehen, weil du mir damals, als ich gezwungen war, mich vor meinen Feinden versteckt zu halten, einen Dienst erwiesen hast. Du wirst noch ganz andere Dinge sehen! Wie groß wird erst deine Belohnung sein, wenn ich in den Besitz meines Reiches gekommen sein werde! Willst du versprechen, mir mit Eifer zu dienen?«

Die Frage des Betrügers und seine Frechheit erheiterten mich so, dass ich mein Lachen nicht länger verbeißen konnte.

»Worüber lachst du?« fragte er, und seine Miene verdüsterte sich, »oder glaubst du vielleicht nicht, dass ich der große Kaiser bin? Sag's offen heraus.«

Ich zauderte. Den Landstreicher als Herrscher anerkennen konnte ich nicht, das wäre eine unverzeihliche Schwäche gewesen. Andererseits bedeutete es mein sicheres Verderben, ihn geradeheraus als Betrüger zu bezeichnen, und außerdem wäre das, wozu ich angesichts des Galgens und vor den Augen des ganzen Volkes im ersten Feuer des Unmutes bereit gewesen war, in diesem Augenblick nichts als eine überflüssige Tollkühnheit gewesen. Ich schwankte. Finster erwartete Pugatschow meine Antwort. Endlich jedoch (und noch heute fühle ich Genugtuung, denke ich an diese Minute) triumphierte in mir das Pflichtgefühl über die menschliche Schwäche. So erwiderte ich denn Pugatschow: »Höre, ich will dir die volle Wahrheit sagen. Überlege mal, ob ich dich als Kaiser anerkennen kann? Denn selbst wenn ich's täte, müsstest du, als gescheiter Mensch, merken, dass ich dich nur täuschen will.«

»Wer bin ich denn, deiner Ansicht nach?«

»Gott weiß, wer du bist; aber wer immer du auch sein mögest, du spielst ein gefährliches Spiel.«

Pugatschow sah mich an.

»So, so, du glaubst also nicht«, sprach er, »dass ich der Zar Pjotr Fjodorowitsch bin? Schon recht. Aber wie denkst du, kann der Verwegene nicht auch Erfolg haben? Grischka Otrepjew, ist er vielleicht nicht Zar geworden? Halte mich, für wen du willst, aber bleibe bei mir. Was geht dich schließlich all das andere an? Die einen sagen Pope, die anderen Priester. Diene mir treu und redlich, und ich will dich zum Feldmarschall erheben und zum Fürsten machen. Wie gefällt dir das?«

»Das geht nicht«, versetzte ich bestimmt; »du weißt, ich bin Edelmann; ich habe der Herrin und Kaiserin den Eid geleistet; ich kann unmöglich in deinen Dienst treten. Wenn du tatsächlich mir wohlwillst, so lass mich nach Orenburg ziehen.«

Pugatschow dachte lange nach.

»Und wenn ich dich nun ziehen lasse«, sagte er endlich, »willst du mir zum Mindesten versprechen, nicht mehr gegen mich zu kämpfen?«

»Wie wäre es möglich, dir das zu versprechen?« entgegnete ich, »du weißt doch selber, dass das nicht von mir abhängt; wenn man mir befiehlt, gegen dich zu ziehen, so muss ich eben gehorchen, da ist nichts zu machen. Du bist jetzt selber Befehlshaber; du verlangst ebenfalls Gehorsam von den Deinen. Wonach würde das aussehen, wenn ich einen Dienst verweigern wollte, den man von mir fordert? Mein Leben ist in deiner Hand, lässt du mich frei, vielen Dank; willst du mich hinrichten lassen -- Gott wird dein Richter sein; ich habe dir jetzt die volle Wahrheit gesagt.«

Meine Aufrichtigkeit überraschte Pugatschow.

»Also gut«, meinte er schließlich und versetzte mir einen freundschaftlichen Schlag auf die Schulter. »Wenn man richtet, soll man schnell richten, und wenn man begnadigt, voll begnadigen. Zieh denn hin nach allen vier Himmelsrichtungen und tu, was du willst. Komm morgen, um mir lebe wohl zu sagen, und geh jetzt schlafen, denn auch ich will nun schlafen.«

Ich verließ Pugatschow und trat auf die Straße. Die Nacht war klar und frostig. Die Sterne funkelten, helles Mondlicht beleuchtete den Platz und den Galgen. Auf den Straßen war alles ruhig und dunkel. Nur in der Schenke war noch Licht, es drang von dorther das Schreien der späten Zecher. Ich ging am Hause des Priesters vorüber. Die Läden waren verschlossen, die Türe versperrt. Im Hause schien alles ruhig zu sein.

So kam ich denn heim und traf Ssaweljitsch in großem Kummer über meine Abwesenheit an. Die Nachricht von meiner Freilassung erfreute ihn unsagbar.

»Gelobt sei der Herr!« rief er und bekreuzigte sich. »Sobald der Tag graut, wollen wir die Festung verlassen und forteilen, wohin uns der Sinn steht. Aber nun musst du etwas essen, mein Väterchen, ich habe dir etwas zubereitet, und dann geh zur Ruhe und schlaf bis Morgen wie am Herzen Christi.«

Das war ein guter Rat, ich aß mit großem Appetit zu Abend und legte mich darauf, seelisch und körperlich gleich ermüdet, auf dem nackten Fußboden schlafen.

Frühmorgens weckte mich Trommelschlag. Ich eilte zum Sammelplatz. Vor dem Galgen, an dem immer noch die gestrigen Opfer hingen, ordneten sich bereits Pugatschows Scharen. Die Kosaken waren zu Pferde, die Soldaten standen unter Gewehr. Die Fahnen flatterten. Da waren auch einige Kanonen auf Lafetten, unter ihnen erkannte ich bald die unsrige. In Erwartung Pugatschows waren alle Einwohner der Festung herbeigeströmt. Am Eingang zum Kommandantenhaus hielt ein Kosak ein wundervolles weißes Kirgisenross am Halfter. Ich schaute mich nach dem Leichnam der Kommandantin um. Er war beiseitegeschafft und mit einer Bastmatte bedeckt worden. Endlich trat Pugatschow aus dem Hause. Das Volk entblößte die Häupter. Pugatschow blieb stehen und grüßte nach allen Seiten. Einer seiner Kosakenältesten reichte ihm einen Beutel mit Kupfergeld, das er alsbald mit vollen Händen auszustreuen begann. Schreiend stürzte sich das Volk darauf, der Vorgang lief nicht ohne einige Unfälle ab. Die Hauptradelsführer umringten Pugatschow. Unter diesen befand sich auch Schwabrin. Unsere Blicke kreuzten sich; aus meinem sprach Verachtung, er jedoch wendete sich mit dem Ausdruck tiefer Bosheit und einem gekünstelten Spott von mir ab. Gleich darauf wurde Pugatschow meiner gewahr, er nickte mir zu und rief mich heran. «Hör mal», sprach er zu mir, «du gehst auf der Stelle nach Orenburg, dort sollst du dem Gouverneur und den Generälen melden, sie dürften mich binnen einer Woche erwarten. Und rat ihnen gut, mir mit kindlicher Liebe und Unterwürfigkeit zu begegnen; widrigenfalls ich sie grausam bestrafen würde. Glückliche Reise, Euer Gnaden!» Darauf wendete er sich zum Volk und sprach, auf Schwabrin weisend: «Da habt ihr, meine Kinder, euern neuen Kommandanten. Gehorcht ihm in allen Stücken, denn er trägt für euch und für die Festung die Verantwortung.» Entsetzen packte mich, als ich diese Worte hörte: Schwabrin -- der Befehlshaber der Festung! Marja Iwanowna in seiner Hand! Mein Gott, was würde wohl aus ihr werden! Pugatschow schritt die Treppe herunter. Sein Pferd wurde herangeführt. Geschickt schwang er sich in den Sattel, ohne auf die Kosaken zu warten, die herbeieilten, um ihm aufsteigen zu helfen.

Im gleichen Augenblick aber bemerkte ich, wie sich mein Ssaweljitsch durch die Menge drängte, vor Pugatschow trat und ihm ein Blatt Papier überreichte. Ich konnte mir nicht einmal denken, was das sein sollte.

»Was soll das?« fragte Pugatschow und nahm eine wichtige Miene an.

»Lies nur, du wirst schon sehen«, entgegnete Ssaweljitsch.

Pugatschow nahm das Papier entgegen und schaute es lange und ernsthaft an.

»Was hast du für eine unleserliche Schrift?« sagte er schließlich. »Unsere scharfen Augen vermögen sie nicht zu entziffern. Wo steckt mein Obersekretär?«

Ein junger Mensch in Korporalsuniform eilte herbei. »Vorlesen!« sagte der Usurpator und gab ihm das Papier. Ich war äußerst begierig zu erfahren, was mein gewesener Mentor Pugatschow mitzuteilen habe. Der Obersekretär las Zeile für Zeile buchstabierend mit lauter Stimme Folgendes:

»Zwei Schlafröcke, einer aus feiner Baumwolle, der andere aus Seide und gestreift -- sechs Rubel.«

»Was soll das wieder?«» fragte Pugatschow und runzelte die Brauen.

»Befiehl, weiter zu lesen«, entgegnete Ssaweljitsch beschwichtigend.

Der Obersekretär fuhr fort: »Eine Uniform aus feinem grünen Tuch -- sieben Rubel.

Weiße Tuchhosen -- fünf Rubel.

Zwölf Hemden aus holländischem Leinen und mit Manschetten -- zehn Rubel.

Ein Reisekorb mit Teegeschirr -- zwei und einen halben Rubel.«

»Was für dummes Zeug!« unterbrach ihn Pugatschow. »Was, zum Teufel, geht mich das Teegeschirr an und die Hemden mit Manschetten?«

Ssaweljitsch räusperte sich und ging ans Erklären.

»Schau mal, Väterchen, das ist nämlich ein Register der Sachen, die meiner Herrschaft gehören und die von den Gaunern gestohlen worden sind.«

»Von welchen Gaunern?« warf Pugatschow drohend ein.

»Verzeihung, das ist mir von der Zunge gerutscht«, antwortete Ssaweljitsch. »Es waren keine Gauner, sondern deine Burschen, sie haben uns alles fortgeschleppt. Sei mir nicht bös deswegen; ein Pferd, das doch vier Beine hat, kann auch zuweilen stolpern. Sei so gut, lass ihn zu Ende lesen.«

»Also, lies zu Ende«, sagte Pugatschow.

»Eine Kattundecke und eine Taftdecke auf Baumwolle -- vier Rubel. Ein Fuchspelz -- vierzig Rubel. Außerdem ein kurzer Hasenpelz, den Deine Gnaden in der Herberge von uns geschenkt erhielt -- fünfzehn Rubel.«

»Was soll das heißen!« schrie Pugatschow mit funkelnden Augen. Aufrichtig gestanden, ich war um meinen armen Alten besorgt. Er wollte zwar in seinen Erklärungen fortfahren, aber Pugatschow fuhr ihn an:

»Wie unterstehst du dich, mir mit solchen Dummheiten zu kommen!« Er schrie es, riss das Papier aus den Händen des Sekretärs und warf es Ssaweljitsch ins Gesicht. »Törichter Greis! Man hat euch geplündert: eine große Sache! Du solltest eigentlich, du alter Esel, ewig für mich und für meine Kinder beten, weil du samt deinem Herrn da nicht mit den anderen Unbotmäßigen dort hängst ... Hasenpelz! Ich werde dir zeigen, was ein Hasenpelz ist! Ja, du weißt wohl, dass ich dir lebendig die Haut vom Leibe schinden lassen kann, um Pelze daraus zu machen?«

»Wie es dir beliebt«, entgegnete Ssaweljitsch, »ich bin ein Leibeigener und bin für das Eigentum meiner Herrschaft verantwortlich.«

Offenbar hatte Pugatschow einen Anfall von Großmut. Wortlos wendete er sich ab und ritt von dannen. Schwabrin und die Kosakenältesten folgten ihm. In guter Ordnung zog die Bande aus der Festung. Das Volk eilte nach, Pugatschow das Geleit zu geben. Ssaweljitsch nur und ich blieben auf dem Platz zurück. Mein früherer Mentor hielt sein Register und sah es bekümmert an.

Da er nämlich das gute Einvernehmen, das zwischen Pugatschow und mir herrschte, bemerkt hatte, war er auf den Einfall gekommen, es auszunutzen; allein die pfiffige Absicht schlug ihm fehl. Ich wollte ihn eigentlich seines unangebrachten Eifers wegen ausschelten, aber ich konnte es nicht, ich musste lachen. »Immerhin lach nur, Herr«, sagte Ssaweljitsch, »lach nur; aber wenn wir dann alles werden von Neuem anschaffen müssen, dann wollen wir sehen, ob es dir noch lächerlich zumute ist.«

Ich beeilte mich, zum Hause des Priesters zu gelangen, um Marja Iwanowna noch einmal zu sehen.

Die Hausfrau empfing mich mit einer traurigen Nachricht. Nachts war bei Marja Iwanowna ein heftiges Fieber zum Ausbruch gekommen. Sie war ohne Besinnung und fantasierte. Die Popenfrau führte mich in ihr Zimmer. Still trat ich an das Bett. Ihr Aussehen war völlig verändert. Die Kranke erkannte mich nicht. Lange, lange stand ich vor dem Bett und hörte weder, was Priester Gerassim sagte, noch die Worte seiner herzensguten Frau, die mich beide, wie es scheint, zu trösten versuchten. Ich war schmerzlich bewegt. Die Lage der armen und schutzlosen Waise, die ich unter den wilden Rebellen zurücklassen musste, und meine eigene Ohnmacht, ihr zu helfen, beunruhigten mich tief. Und Schwabrin, Schwabrin -- das war das ärgste. Nachdem er nunmehr alle Machtbefugnisse und das Kommando in der Festung erhalten hatte, war er in der Lage, alles anzustellen. Aber was konnte ich dagegen tun? Wie sollte ich ihr beistehen? Auf welche Art vermochte ich sie aus der Hand des Bösewichts zu befreien? Es gab nur ein Mittel: sofort nach Orenburg zu gehen, um dort die Entsetzung der Festung Bjelogorsk zu betreiben und selber so sehr als möglich dabei mitzuwirken. So nahm ich denn vom Priester und von Akulina Pamphilowna Abschied und empfahl Marja, die ich in Wahrheit schon als mein Weib betrachtete, inständig ihrer Obhut. Die Hand des armen Mädchens lag in meiner, ich küsste sie und benetzte sie mit Tränen. »Leben Sie wohl«, sagte die Frau des Priesters, mir das Geleit gebend, »Pjotr Andrejewitsch, leben Sie wohl. Vielleicht sehen wir in besseren Zeiten uns wieder. Vergessen Sie uns nicht ganz und schreiben Sie uns, sooft Sie dazu Gelegenheit finden werden. Die arme Marja Iwanowna hat außer Ihnen keinen Trost mehr, keinen Beschützer auf der Welt.«

Als ich wieder auf dem Platz war, blieb ich ein wenig stehen, betrachtete den Galgen und verbeugte mich tief vor ihm, darauf verließ ich die Festung und gewann die Straße nach Orenburg, begleitet von Ssaweljitsch, der nicht von meiner Seite wich. Gedankenverloren zog ich so meines Weges, als ich plötzlich Pferdegetrappel hinter mir vernahm. Ich drehte mich um: es war ein Kosak, der mir aus der Festung nachgaloppierte und am Zügel ein Baschkirenpferd mit sich führte; er winkte mir schon aus der Ferne zu. Ich blieb stehen und erkannte bald darauf unseren gewesenen Kosakenunteroffizier. Er sprengte heran, übergab mir die Zügel des anderen Pferdes und sagte: »Euer Gnaden! Unser Väterchen schenkt Ihnen dies Pferd und von seiner eigenen Schulter den Pelz da.« (Ein Schafpelz war an den Sattel gebunden.) »Und außerdem«, fuhr der Unteroffizier stockend fort, »belohnt er Sie mit ... mit einem halben Rubel ... aber den habe ich unterwegs verloren, verzeihen Sie großmütig.« Ich zog den Schafpelz an und schwang mich aufs Pferd, Ssaweljitsch ließ ich hinter mir aufsitzen. »Nun siehst du selber, Herr«, sagte der Alte, »dass es nicht so völlig nutzlos war, dass ich dem Gauner mit meiner ergebenen Bitte kam: sein Diebesgewissen hat sich geregt. Und sind auch diese langbeinige Baschkirenmäre und der Schafpelz nicht die Hälfte dessen wert, was uns die Räuber gestohlen haben und was du selber ihm zu schenken beliebtest, so können sie uns jetzt doch von Nutzen sein; und was will man mehr von einem bissigen Hunde als ein Büschel Wolle?«

Als wir in die Nähe von Orenburg gelangt waren, begegneten wir einer Schar von Sträflingen, deren Köpfe kahl geschoren und deren Gesichter von den Eisen der Henker gebrandmarkt worden waren. Unter Aufsicht von Garnisonsinvaliden arbeiteten sie unweit der Schanzen. Auf kleinen Wagen schafften die einen den Schutt fort, der mit der Zeit den Festungsgraben angefüllt hatte, während die anderen mit Schaufeln die Erde umgruben; auf dem Festungswall selber sah man Maurer mit Ziegeln hantieren, um die Stadtmauer wieder zu befestigen. Die Schildwache am Tor hielt uns an und verlangte unsere Pässe. Als der Sergeant erfuhr, dass ich aus der Festung Bjelogorsk kam, führte er mich schnurstracks zum Hause des Generals.

Ich fand ihn im Garten. Er besichtigte gerade seine Apfelbäume, die der Herbstwind entblättert hatte, und war dabei, sie mithilfe eines alten Gärtners sorgfältig in warmes Stroh einzuhüllen. Sein Antlitz atmete Ruhe, Gesundheit und Gutherzigkeit. Er war sichtlich erfreut, mich zu sehen, und fragte mich sogleich nach den grauenhaften Ereignissen, deren Augenzeuge ich gewesen war. Ich erzählte ihm, was ich wusste. Aufmerksam hörte mir der Greis zu und fuhr derweil fort, dürre Zweige abzuschneiden. »Der arme Mironow!« sagte er, als meine traurige Erzählung zu Ende war, »er dauert mich, er war ein braver Offizier, und Madame Mironow war eine treffliche Frau, wie meisterhaft verstand sie, Pilze einzulegen! Und Mascha, die Hauptmannstochter, was ist mit ihr?« Ich antwortete, sie sei in der Festung zurückgeblieben und die Popenfrau pflege sie. »O weh!« bemerkte der General, »schlimm, sehr schlimm. Man kann nicht auf die Disziplin dieser Räuber rechnen. Was soll aus dem armen Kinde werden?« Ich entgegnete, die Strecke bis zur Festung Bjelogorsk sei gering und Seine Exzellenz würde sicher nicht verfehlen, alsbald Truppen zum Entsatz der armen Bevölkerung abzuschicken. Aber der General schüttelte den Kopf. »Abwarten, abwarten«, meinte er. »Darüber müssen wir noch reiflich sprechen. Komm am Nachmittag auf eine Tasse Tee zu mir: es wird heute bei mir ein Kriegsrat stattfinden. Du kannst uns zuverlässige Nachrichten über den Taugenichts Pugatschow und sein Heer geben. Jetzt geh und ruh einstweilen aus.«

Ich begab mich zu der mir angewiesenen Wohnung und fand dort Ssaweljitsch bereits in voller Tätigkeit; ungeduldig erwartete ich das Heranrücken der festgesetzten Stunde. Der Leser kann sich leicht vorstellen, dass ich zu jener Beratung zu erscheinen nicht verabsäumte, die so großen Einfluss auf mein zukünftiges Schicksal haben musste. Mit dem Schlag der Stunde war ich beim General.

Ich traf dort einen Stadtbeamten an, er war, wenn ich mich recht erinnere, Direktor der Zollbehörde, ein wohlgenährter und rotbackiger alter Herr in einem goldverschnürten Leibrock. Er fragte mich lebhaft nach dem Schicksal von Iwan Kusjmitsch aus, den er seinen Gevatter nannte, und unterbrach meine Antworten häufig durch Nebenfragen und belehrende Bemerkungen, die, wenn sie auch nicht gerade einen in der Kriegskunst sehr bewanderten Mann in ihm verrieten, doch auf schnelle Auffassungsgabe und auf natürlichen Verstand schließen ließen. Währenddessen trafen nach und nach die übrigen Eingeladenen ein. Nachdem alle Platz genommen und ihren Tee erhalten hatten, setzte uns der General mit großer Klarheit die ganze Sachlage ausführlich auseinander. »Jetzt aber, meine Herren«, fuhr er darauf fort, »müssen wir entscheiden, wie wir gegen die Aufrührer vorzugehen haben: offensiv oder defensiv? Jede dieser Methoden hat ihre Vorteile und ihre Nachteile. Die Offensive gibt mehr Hoffnung, den Feind schnellstens aufzureiben; dagegen ist die Defensive sicherer und gefahrloser ... Und nun lassen Sie uns nach der Vorschrift unsere Stimmen abgeben, wir beginnen mit dem Rangjüngsten. Herr Fähnrich!« -- mit diesen Worten wendete er sich an mich -- »wollen Sie so gut sein, mir Ihre Ansicht mitzuteilen.«

Ich erhob mich und schilderte in kurzen Worten zunächst Pugatschow und seine Bande, darauf aber erklärte ich mit aller Bestimmtheit, es wäre dem Usurpator völlig unmöglich, sich gegen reguläre Truppen zu halten.

Allein die Beamten hörten meine Ansicht mit offenkundiger Missgunst an. Sie sahen darin nur den Übereifer und die Verwegenheit des jungen Mannes. Ein Gemurmel erhob sich, und ganz deutlich konnte ich vernehmen, wie jemand halblaut «Grüner Junge» sagte. Der General sah mich an und meinte lächelnd: «Herr Fähnrich, es ist meistens so, dass die ersten Stimmen in einem Kriegsrat zugunsten der Offensive abgegeben werden, das ist so die Regel. Lassen Sie uns fortfahren, die Stimmen zu sammeln. Herr Kollegienrat, darf ich um Ihre Ansicht bitten?»

Der alte Herr im goldverschnürten Leibrock leerte in aller Eile seine dritte Tasse Tee, die er reichlich mit Rum versetzt hatte, und antwortete dem General:

«Exzellenz, ich bin der Meinung, wir sollten weder offensiv noch defensiv vorgehen.»

«Wie soll ich das verstehen, Herr Kollegienrat?» erwiderte überrascht der General. «Die Taktik der Strategie kennt keine anderen Methoden: es gibt nur die offensive Bewegung und die defensive...»

«Exzellenz, und was meinen Sie zu einer bestechenden Bewegung?»

«Ah so! Ihre Meinung ist durchaus verständlich. Die bestechende Taktik wird von der Strategie gebilligt, und wir wollen jedenfalls Ihren Rat befolgen. Man könnte vielleicht auf den Kopf dieses Taugenichtses... einige siebzig Rubel oder gar hundert aussetzen ... aus dem Geheimfonds ...»

«Nun, und ich will alsdann», unterbrach ihn der Zolldirektor, «kein Kollegienrat mehr sein, sondern ein Kirgisenhammel, wenn diese Diebe uns nicht ihren Ataman, an Händen und Füßen gefesselt, ausliefern werden.»

«Das müssen wir noch reiflich überlegen und erwägen», entgegnete der General. «Trotzdem müssen wir auf jeden Fall auch gewisse militärische Maßnahmen treffen. Meine Herren, ich bitte um Ihre Stimmen in der vorschriftsmäßigen Reihenfolge!»

Es stellte sich heraus, dass alle Ansichten der meinen entgegengesetzt waren. Die Beamten sprachen von der Unzuverlässigkeit der Truppen, von der Unsicherheit des Erfolges, von Vorsicht und von lauter so ähnlichem Zeug. Sie waren alle der Meinung, dass es viel weiser sei, unter dem Schutz der Kanonen hinter der festen Steinmauer zu bleiben, als im offenen Felde das Glück der Waffen zu versuchen. Als schließlich der General alle Stellungnahmen angehört hatte, klopfte er die Asche aus seiner Pfeife und hielt folgende Rede:

»Meine Herren! Ich muss Ihnen mitteilen, dass ich meinerseits mich völlig der Ansicht des Herrn Fähnrich anschließe: Diese Ansicht stützt sich auf alle Regeln einer gesunden Strategie, die eigentlich in fast sämtlichen Fällen die offensive Taktik der defensiven vorzieht.«

Bei diesen Worten hielt er inne und schickte sich an, seine Pfeife aufs Neue zu stopfen. Meine Eitelkeit triumphierte. Nicht ohne Selbstgefühl blickte ich die Beamten an, die sichtlich unruhig und unzufrieden miteinander zu flüstern begannen.

»Jedoch, meine Herren«, fuhr der General fort, wobei er gleichzeitig mit einem Seufzer eine dichte Wolke Tabakrauch ausstieß, »ich kann nicht wagen, eine so große Verantwortung auf mich allein zu nehmen.«

Nun war die Reihe an den Beamten, mich ihrerseits spöttisch anzublicken. Der Kriegsrat löste sich auf. Auf das Lebhafteste beklagte ich die Schwäche des ehrenwerten Kriegers, der sich gegen seine Überzeugung der Ansicht jener unwissenden und unerfahrenen Männer angeschlossen hatte.

Ich will mich nicht damit befassen, die Belagerung Orenburgs zu beschreiben, sie gehört der Geschichte an und nicht in eine Familienchronik.

Einst, als es uns während der Belagerung gelungen war, einen ziemlich starken Kosakenhaufen zu zersprengen und in die Flucht zu schlagen, ritt ich auf einen Kosaken los, der hinter seinen Kameraden zurückgeblieben war; ich schwang bereits meinen türkischen Säbel, da riss er die Mütze ab und rief: »Pjotr Andrejewitsch, guten Tag zu wünschen! Wie geht es immer?«

Es war unser vormaliger Kosakenunteroffizier. Ich freute mich unbeschreiblich.

»Grüß Gott, Maximytsch«, antwortete ich. »Bist du schon lange aus Bjelogorsk fort?«

»Gar nicht lange, Väterchen Pjotr Andrejewitsch, ich bin erst seit gestern wieder hier. Ich habe ein Brieflein für Sie.«

»Wo hast du's denn, wo?« rief ich, über und über errötend.

»Hier ist es«, sagte Maximytsch und fuhr in die Brusttasche. »Ich habe Palaschka fest versprochen, es Ihnen bestimmt zuzustellen.«

Er gab mir das zusammengefaltete Papier und sprengte sogleich von dannen. Ich öffnete es und las bebend folgende Zeilen:

»Gott hat es gefallen, mir so plötzlich Vater und Mutter zu nehmen: Auf Erden habe ich keine Verwandten mehr und keine Beschützer. Sie allein sind meine Zuflucht, denn ich weiß, Sie wollten mir immer wohl und Sie wären bereit, einem jeden Menschen zu helfen. Ich flehe zu Gott, dass dieser Brief Sie auf irgendeine Weise erreichen möge! Maximytsch versprach, ihn zu bestellen. Palaschka hat von Maximytsch gehört, dass er Sie häufig aus der Ferne bei den Ausfällen gesehen habe und dass Sie sich gar nicht in acht nehmen; Sie denken wohl nicht mehr an jene, die mit Tränen zu Gott für Sie beten. Ich war lange krank; kaum war ich wiederhergestellt, da zwang Alexej Iwanowitsch Schwabrin, der jetzt hier anstelle meines entschlafenen Vaters das Kommando führt, den Priester Gerassim, mich ihm auszuliefern, indem er ihm drohte, alles Pugatschow zu enthüllen. Ich wohne jetzt als Gefangene in unserem Hause. Alexej Iwanowitsch will mich zwingen, ihn zu heiraten. Er sagt, er habe mir dadurch, dass er den Betrug Akulina Pamphilownas, die mich vor den Bösewichten als ihre Nichte ausgab, nicht aufdeckte, das Leben gerettet. Allein es wird mir viel leichter sein, zu sterben, als die Frau eines solchen Menschen zu werden, wie Alexej Iwanowitsch einer ist. Er behandelt mich mit großer Grausamkeit und droht, wenn ich mich nicht anders bedenke und nicht einwilligen wolle, so werde er mich ins Lager zu den schlechten Menschen bringen und dann werde es mir genauso ergehen wie der Lisaweta Charlowa. Ich bat Alexej Iwanowitsch um Bedenkzeit. Er war damit einverstanden, noch drei Tage zu warten, wenn ich aber nach den drei Tagen nicht meine Einwilligung gebe, dann habe ich auf keine Schonung mehr zu hoffen. Pjotr Andrejewitsch, Liebster! Sie sind der einzige Schutz, den ich habe; helfen Sie mir Armen. Bitten Sie den General, bitten Sie alle Kommandeure, uns möglichst bald Sukkurs zu schicken, und kommen Sie selber, sobald Sie können. Ich verbleibe als Ihre gehorsame arme Waise

Marja Mironowa.«

Ich verlor fast den Verstand, als ich diesen Brief las. Ich fegte in die Stadt zurück und gab meinem armen Pferd unbarmherzig die Sporen. Unterwegs überlegte ich hin und her, was man zur Erlösung des ärmsten Mädchens unternehmen könnte, aber es fiel mir nichts ein. In der Stadt angekommen, sprengte ich geradenwegs zum General und war in einem Nu in seinem Hause.

Der General ging in seinem Zimmer auf und ab und rauchte seine Meerschaumpfeife. Er sah mich und blieb stehen. Mein Anblick überraschte ihn offensichtlich; besorgt erkundigte er sich nach der Ursache meines plötzlichen Erscheinens. »Exzellenz«, begann ich, »ich komme zu Ihnen, wie man zum eigenen Vater kommt; schlagen Sie um Gottes willen meine Bitte nicht ab, es geht um das Glück meines ganzen Lebens.« »Was ist denn geschehen, Väterchen?« fragte aufs Höchste erstaunt der Greis. »Was kann ich für dich tun? Sprich!« »Exzellenz, gestatten Sie mir, eine Kompanie Soldaten zu nehmen und ein halbes Hundert Kosaken, um die Festung Bjelogorsk zu säubern.« Der General sah mich prüfend an, er dachte, glaube ich, ich sei von Sinnen (was freilich auch fast zutraf). »Wie das? Bjelogorsk säubern?« fragte er schließlich. »Ich hafte Ihnen für den Erfolg«, entgegnete ich leidenschaftlich. »Lassen Sie mich ziehen.« »Nein, junger Mann», sagte er kopfschüttelnd, »bei der ziemlich großen Entfernung dürfte es dem Feinde leichtfallen, euch von der Kommunikation mit dem strategischen Hauptpunkt ab- zuschneiden und dadurch einen vollen Sieg über euch zu er- zielen. Die ununterbrochene Kommunikation...« Ich erschrak, denn ich sah, dass er sich in militärischen Erörterungen verlor, und beeilte mich, ihn zu unterbrechen. »Die Tochter des Hauptmannes Mironow«, sagte ich, »hat mir einen Brief geschrieben; sie bittet um Hilfe; Schwabrin will sie zwingen, ihn zu heiraten.« »Wahrhaftig? O, dieser Schwabrin ist mir ein Erzschelm, und wenn er mir einmal in die Hände fallen sollte, so will ich ihm binnen vierundzwanzig Stunden das Urteil sprechen, und dann wollen wir ihn auf der Brustwehr des Festungswalles abschießen! Zunächst aber müssen wir uns in Geduld fassen ...« »In Geduld fassen!« schrie ich außer mir, »und derweilen wird er Marja Iwanowna heiraten!...« »O!« entgegnete der General, »das ist noch kein Unglück, es ist sogar für sie jetzt besser, einstweilen Schwabrins Frau zu sein; er kann ihr jetzt sehr nützlich sein; wenn wir ihn dann später erschossen haben werden, nun, dann wollen wir eben in Gottes Namen ihr einen neuen Freier finden. Hübsche Witwen bleiben nie lange Jungfern; das heißt, ich wollte sagen, eine kleine Witwe findet eher einen Mann als eine Jungfrau.«

»Lieber sterben«, rief ich, »als sie Schwabrin überlassen!«

»Ah!« sagte der General. »Jetzt verstehe ich: du bist also in Marja Iwanowna verliebt. O, das ist freilich eine andere Sache! Mein armer Junge! Allein trotz allem, ich kann dir keine Kompanie Soldaten und kein halbes Hundert Kosaken geben. Diese Unternehmung wäre allzu gewagt; ich könnte sie keineswegs verantworten.«

Ich ließ den Kopf hängen; Verzweiflung bemächtigte sich meiner. Plötzlich schoss ein Gedanke durch meinen Kopf: worin er bestand, wird, wie die alten Romanschreiber sagen, der Leser im nächsten Kapitel erfahren.

Ich verließ den General und eilte nach Hause. Ssaweljitsch redete mir, sobald er meiner ansichtig wurde, wie immer ins Gewissen. »Herr, was hast du eigentlich davon, mit diesen besoffenen Räubern zu fechten? Schickt sich das für einen Edelmann? Die Stunden sind ungleich: um nichts und wieder nichts kannst du umkommen. Und wenn's noch der Türke wäre oder der Schwede, so jedoch -- es ist eine Sünde, um es zu sagen.«

Nach einer halben Stunde saß ich bereits auf meinem guten Pferde, Ssaweljitsch aber schwang sich auf einen mageren und lahmen Gaul, den ihm einer der Stadtbewohner, der ihn nicht länger ernähren konnte, unentgeltlich überlassen hatte. Wir kamen zum Tor; die Wache ließ uns durch, und so lag Orenburg bald hinter uns. Wir kamen durch eine Schlucht und waren kurz darauf in einem Dorf. In allen Hütten brannte

Licht. Überall herrschte Lärmen und Schreien. Auf den Straßen sah ich eine Menge Volkes, aber niemand bemerkte uns in der Dunkelheit, und keine Sterbensseele erkannte in mir den Offizier aus Orenburg. Man führte uns vor ein Haus, das an einer Straßenkreuzung stand. Vor dem Tor lagen Schnapsfässer, und zwei Kanonen waren aufgepflanzt. »Da habt ihr den Palast«, sagte der eine der Bauern, »ich werde euch jetzt anmelden.« Er trat ins Haus. Ich blickte Ssaweljitsch an: der Alte bekreuzigte sich und betete leise. Ich musste lange warten; endlich kam der Bauer zurück und sagte mir: »Komm, unser Väterchen befahl, den Offizier hereinzulassen.«

So betrat ich denn das Haus oder, wie die Bauern sagten, den Palast. Zwei Talglichter bildeten die Beleuchtung, die Wände waren mit Goldpapier überzogen; alles Übrige jedoch, die Bänke, der Tisch, das hängende Waschbecken, am Nagel das Handtuch, die Ofenschaufel in der Ecke, der breite Herd, auf dem Kochtöpfe standen -- all das war genauso wie in jeder ein- fachen Bauernhütte. Unter dem Schrein mit den Heiligenbildern saß Pugatschow in seinem roten Kaftan, er trug eine hohe Mütze und hatte eine stolze Haltung angenommen. Mit gespielter Unterwürfigkeit umringten ihn die vornehmsten seiner Genossen. Die Nachricht vom Eintreffen eines Orenburger Offiziers hatte die Neugierde der Anführer auf das Höchste gereizt, und sie hatten sich Mühe gegeben, mich möglichst prunkvoll zu empfangen. Pugatschow erkannte mich sofort. Und sogleich war es auch aus mit seiner angenommenen Würde. »Ah, Euer Gnaden«, rief er mir zu, »wie geht es dir? Von woher führt dich der Himmel?« Ich antwortete ihm, ich sei in eigener Sache unterwegs und seine Leute hätten mich festgehalten. »Und was ist das für eine Sache?« fragte er. Ich wusste nicht, was ich ihm erwidern sollte. In der Annahme, dass ich vor Zeugen nicht sprechen wolle, wendete sich Pugatschow zu seinen Kameraden und befahl ihnen, den Raum zu verlassen. Mit Ausnahme von zweien, die sich nicht vom Fleck rührten, kamen alle dem Be- fehle nach. »Vor diesen kannst du dreist sprechen«, meinte Pugatschow, »vor ihnen verberge ich nichts.« Ich schaute mir die Vertrauten des Usurpators an. Der eine von ihnen, ein schwächliches und gebücktes altes Männchen mit grauem Bärtchen, hatte nichts Bemerkenswertes an sich, mit Ausnahme eines blauen Ordensbandes, das er quer über die Brust seines grauen Kittels trug. Seinen Kameraden jedoch werde ich zeitlebens nicht vergessen. Er war hoch von Wuchs, voll und breitschultrig und mochte einige fünfundzwanzig Jahre alt sein. Der wilde rote Bart, die grauen blitzenden Augen, die Nase, an der die Nüstern fehlten, sowie die geröteten Flecken auf Stirn und Wangen verliehen seinem breiten und blatternarbigen Gesicht einen unbeschreiblichen Ausdruck. Er trug ein rotes hochgeschlossenes Hemd, über diesem das lange Oberkleid der Kirgisen und darunter die Pluderhosen der Kosaken. Später erfuhr ich, dass jener der flüchtige Korporal Bjeloborodow war, dieser hingegen Afanassij Ssokolow, genannt Chlopuscha, ein deportierter Verbrecher, der bereits zum dritten Male aus den Bergwerken Sibiriens ausgebrochen war. Ungeachtet der Gefühle, die mich so ausschließlich bewegten, wirkte doch die Gesellschaft, in die ich unversehens hereingeschneit war, stark auf meine Fantasie. Aber Pugatschow ließ mich nicht lange in diesem Zustand, sondern fragte: »Also sprich, aus welchem Grunde hast du Orenburg verlassen?«

Ein seltsamer Gedanke schoss mir durch den Kopf, es kam mir fast vor, als wollte mir die Vorsehung, indem sie mich zum zweiten Male mit Pugatschow zusammenstieß, ein Mittel in die Hand geben, meine Absicht wirklich auszuführen. Ich entschloss mich, es zu benutzen, und antwortete Pugatschow, ehe ich meinen Beschluss noch recht überlegt hatte, Folgendes auf seine Frage:

»Ich bin auf dem Wege nach der Festung Bjelogorsk, um eine Waise, die dort beleidigt wird, zu befreien.«

Pugatschows Augen funkelten auf.

»Wer von meinen Burschen wagt, eine Waise zu beleidigen?« schrie er, »und sei er sieben Ellen hoch, meiner Strafe wird er nicht entgehen. Wer ist der Schuldige?«

»Schwabrin ist es«, antwortete ich. «Er hält jenes Mädchen, das du damals bei der Frau des Priesters krank im Bett liegen sahst, gefangen und will sie mit Gewalt zwingen, ihn zu heiraten.«

»Das werde ich Schwabrin versalzen!« sagte Pugatschow drohend. »Ich werde ihm zeigen, was es heißt, seine Macht zu überschreiten und das Volk zu kränken. Ich lasse ihn aufhängen.« »Ein Wort, wenn du erlaubst«, warf Chlopuscha mit heiserer Stimme ein. »Du warst damals zu schnell, als du Schwabrin zum Kommandanten der Festung ernanntest, und willst jetzt wieder zu schnell sein und ihn hängen lassen. Du hast die Kosaken gekränkt, da du einen Edelmann zu ihrem Befehlshaber machtest, schreck jetzt nicht den Adel ab, indem du ihn nach der ersten Bezichtigung hinrichten lässt.«

»Weder soll man sie bedauern noch begnadigen!« warf der Alte im blauen Ordensbande ein. »Schwabrin hinrichten wäre nicht so übel; aber ebenso wäre es nicht übel, den Herrn Offizier ordentlich auszufragen, und vor allem, warum er herkam? Wenn er dich nicht als seinen Herrscher anerkennt, warum sucht er dann Unterstützung bei dir; erkennt er dich aber an, warum saß er dann bis zum heutigen Tage in Orenburg bei deinen Gegnern? Meinst du nicht, man sollte ihn in die Kanzlei bringen und ein hübsches Feuerchen anmachen, es schwant mir, die Herren Orenburger Kommandeure haben Seine Gnaden zu uns beordert.«

Die Logik des alten Schurken war ziemlich überzeugend. Frost lief mir über den Rücken, als mir die Einsicht kam, in wessen Hände ich geraten war. Pugatschow bemerkte meine Verwirrung.

»Na, Euer Gnaden?« sagte er und zwinkerte mir zu. »Mein Feldmarschall scheint's getroffen zu haben? Was denkst du darüber?«

Pugatschows Spott gab mir mein Selbstvertrauen zurück. Mit aller Ruhe entgegnete ich ihm, dass ich in seiner Hand sei und dass es ihm freistehe, mit mir zu schalten, wie er es für recht befinde.

»Freilich«, sagte Pugatschow. »Aber nun beichte uns, wie es um eure Stadt steht?«

»Gottlob«, entgegnete ich, »dort ist alles in Ordnung.« »In Ordnung?« wiederholte Pugatschow. »Aber das Volk stirbt vor Hunger!«

»Ach! da hätte ich bald vergessen, dir für das Pferd und für den Pelz zu danken. Ohne deine Hilfe wäre ich sicher nicht bis zur Stadt gekommen und unterwegs bestimmt erfroren.« Meine List wirkte. Pugatschow wurde zusehends heiterer. »Schulden sind schön, wenn man sie bezahlt«, meinte er, blinzelte und kniff die Augen zu. »Und jetzt erzähl einmal, was du mit jenem Mädel hast, das Schwabrin beleidigt hat? Hat am Ende Liebesglut des tapferen Burschen Herz versehrt, he?« »Sie ist meine Braut«, entgegnete ich

Pugatschow, denn nun sah ich, dass das Wetter umgeschlagen war, und hielt es nicht mehr für notwendig, mit der Wahrheit hinterm Berge zu halten. »Deine Braut!« schrie Pugatschow. »Warum hast du das nicht früher gesagt? Ja, dann wollen wir dich doch mit ihr verheiraten und zu deinem Hochzeitsschmaus kommen!« Darauf wandte er sich zu Bjeloborodow: »Feldmarschall, pass mal auf! Seine Gnaden und ich, wir sind alte Freunde! Wir wollen jetzt zusammen zu Abend speisen; der Morgen ist weiser als der Abend. Morgen wollen wir zusehen, was mir mit ihm beginnen.« Am Morgen kam ein Bote, um mich zu Pugatschow zu holen. Ich folgte ihm. Am Tor sah ich einen Reiseschlitten stehen, vor den ein Dreigespann aus tatarischen Pferden gespannt war. Die Straße wimmelte von Menschen. Im Vorraum begegnete mir Pugatschow, er war reisefertig und trug einen Pelz und die Kirgisenmütze. Die gestrigen Zechkumpane umringten ihn und zeigten wieder denselben Ausdruck der Unterwürfigkeit, der so völlig allem, dessen Zeuge ich am Vorabend geworden war, widersprach. Pugatschows Begrüßung war freundschaftlich, er winkte mir, ich solle mich neben ihn in den Reiseschlitten setzen. Wir nahmen Platz. »Nach der Festung Bjelogorsk!« rief Pugatschow dem breitschultrigen Tataren, der stehend das Dreigespann lenkte, zu. Mein Herz pochte stark. Die Pferde fielen in Trab, die Schlittenglöckchen klangen, der Schlitten flog dahin... Und plötzlich erblickte ich das Dörfchen am steilen Ufer des Jaik, den Palisadenzaun und den Glockenturm -- und nach einer Viertelstunde waren wir in der Festung Bjelogorsk. Der Schlitten hielt vor dem Kommandantenhause. Am Geläute der Glöckchen erkannte das Volk Pugatschow und folgte uns in hellen Scharen. Schwabrin trat aus dem Hause, um den Usurpator zu begrüßen. Er trug Kosakentracht und hatte sich den Bart stehen lassen. Der Verräter war Pugatschow beim Aussteigen behilflich und versicherte ihn in geradezu schmählichen Ausdrücken seines Eifers und seiner Ergebenheit. Als er meiner ansichtig wurde, stutzte er, allein er fasste sich bald, streckte mir die Hand hin und sprach: »Auch du bist also jetzt auf unserer Seite? Schon längst hätte es sich so gehört!« Ich drehte ihm den Rücken und gab keine Antwort.

Das Herz wurde mir schwer, als wir gleich darauf in das altbekannte Zimmer traten, wo an der Wand, ein trauriges Epitaphium vergangener Zeiten, noch immer das Diplom des verstorbenen Kommandanten hing. Auf den gleichen Diwan, auf dem vormals, eingelullt vom Schelten seiner Gattin, Iwan Kusjmitsch einzunicken pflegte, setzte sich nun Pugatschow. Schwabrin präsentierte ihm eigenhändig den Begrüßungsschnaps. Pugatschow leerte das Glas, befahl jedoch dann, auf mich weisend: »Traktiere auch Seine Wohlgeboren.« Und Schwabrin kam sogleich auch zu mir, allein ich drehte ihm zum zweiten Male den Rücken. Er schien ganz aus dem Häuschen zu sein. Es fiel ihm, bei seinem angeborenen Scharfsinn, nicht schwer, zu erraten, dass Pugatschow mit ihm unzufrieden war. Er war sichtlich verzagt und blickte mich hie und da voll Misstrauen an. Pugatschow ließ sich berichten, in welchem Zustande sich die Festung befinde und ob man von feindlichen Truppen gehört habe und Ähnliches mehr, endlich aber überrumpelte er ihn mit der unerwarteten Frage: »Sag mal, Bruder, was ist das für eine Jungfrau, die du bei dir eingesperrt hältst? Zeig' sie mir doch.«

Schwabrin wurde blass wie der Tod.

»Herrscher«, entgegnete er, und seine Stimme zitterte, »großer Herrscher, sie ist nicht eingesperrt... sie ist krank ... sie liegt im Mädchenzimmer.«

»Dann führ' mich zu ihr«, sagte der Usurpator und erhob sich. Es gab keine Ausrede mehr, Schwabrin musste Pugatschow zum Gemach Marja Iwanownas führen. Ich schloss mich an.

Auf der Treppe blieb Schwabrin stehen.

»Großer Herrscher!« rief er, »Sie haben die Macht, alles von mir zu verlangen; aber verbieten Sie, dass ein Fremder das Schlafzimmer meiner Gattin betritt.«

Ich fuhr auf: »Du bist also vermählt!« schrie ich Schwabrin zu, bereit, ihn zu erwürgen.

»Ruhig Blut!« unterbrach mich Pugatschow. »Das ist meine Sache. Du jedoch«, fuhr er fort und wendete sich zu Schwabrin, »hör jetzt auf und mach keine Geschichten mehr; ob sie nun deine Frau ist oder nicht, ich führe zu ihr, wen ich will. Euer Gnaden, mir nach!«

An der Türe hielt uns Schwabrin abermals auf und sagte keuchend:

»Herrscher, ich muss jedoch darauf vorbereiten, dass sie bereits seit drei Tagen an schwerem Fieber darniederliegt und ohne Unterlass fantasiert.«

»Mach auf!» rief Pugatschow.

Schwabrin gab sich den Anschein, als suche er in seinen Taschen, und sagte schließlich, er habe vergessen, den Schlüssel mitzunehmen. Pugatschow gab der Tür einen Fußtritt, das Schloss flog herunter, die Tür ging auf und wir traten ein. Ich sah -- und erstarrte. Auf dem Fußboden saß bleich, abgemagert und mit zerrauftem Haar Marja Iwanowna in einem abgetragenen Bauernkleidchen. Vor ihr stand ein Krug Wasser, ein Stück Brot lag darüber. Als sie meiner ansichtig wurde, erzitterte sie und schrie auf. Aber was in mir vorging -- ich weiß es nicht mehr.

Pugatschow heftete seinen Blick auf Schwabrin und sagte mit trockenem Lachen:

»Ein schönes Lazarett hast du da!« Darauf näherte er sich Marja Iwanowna: »Täubchen, sag mal, aus welchem Grunde bestraft dein Mann dich so hart? Was hast du angestellt?«

»Mein Mann?« wiederholte sie. »Er ist nicht mein Mann! Nie und nimmer werde ich seine Frau sein! Ich bin entschlossen, lieber zu sterben, und werde sterben, wenn keiner mich von ihm erlöst.«

Pugatschows Blick wurde drohend.

»Und du wagtest, mich zu hintergehen!« fuhr er Schwabrin an. »Weißt du auch, du Taugenichts, was du verdient hast?« Schwabrin lag auf den Knien... So sehr ich ihn auch hasste und gegen ihn erbittert war, in diesem Augenblick wurde alles vom Gefühl der Verachtung erstickt. Voller Ekel blickte ich den Edelmann an, der zu Füßen eines entsprungenen Kosaken lag. Pugatschow freilich stimmte dieser Umstand milder.

»Für diesmal will ich dir verzeihen«, sagte er zu Schwabrin, »aber gib acht, bei der nächsten Verfehlung wird auch diese mit angerechnet.«

Darauf wandte er sich zu Marja Iwanowna und bedeutete dem armen Mädchen freundlich: »Du kannst das Zimmer verlassen, liebe Jungfrau; ich schenke dir die Freiheit. Ich bin der Herrscher.«

Marja Iwanowna blickte auf und erriet, dass vor ihr der Mörder ihrer Eltern stand. Sie schlug die Hände vors Gesicht und fiel bewusstlos nieder. Ich eilte ihr zu Hilfe; im gleichen Augenblick jedoch drang Palaschka, meine alte Bekannte, keck ins Zimmer und nahm sich ihres Fräuleins an. Pugatschow verließ das Gemach, und so gingen wir selbdritt wieder ins Speisezimmer hinunter.

»Nun, Euer Gnaden?« lachte Pugatschow, »das schöne Mädchen haben wir also befreit! Was meinst du, sollen wir nicht den Popen holen lassen, damit er seine Nichte gleich trauen kann? Ich würde vielleicht den Brautvater spielen und Schwabrin den Brautführer; und trinken und feiern in guter Ruh und sperren zum Schluss die Türe zu!«

Meine Befürchtung traf zu. Schwabrin geriet außer sich, als er Pugatschows Vorschlag vernahm.

»Großer Herrscher!« rief er und tat wie verrückt. »Ich weiß, ich habe mich vergangen, weil ich Sie belogen habe; aber auch Grinew hintergeht Sie. Dieses Mädchen ist keineswegs die Nichte des hiesigen Popen: sie ist Iwan Mironows Tochter, der am Tage der Einnahme dieser Festung hingerichtet ward.«

Pugatschow heftete seine funkelnden Augen auf mich. »Was soll das wieder?« fragte er überrascht. »Schwabrin spricht die Wahrheit", entgegnete ich fest.

»Das hast du mir nicht gesagt«, warf Pugatschow ein, und seine Miene verdüsterte sich.

»Bedenke doch«, erwiderte ich, »was wäre daraus entstanden, wenn ich dir vor deinen Burschen gesagt hätte, dass die Tochter Mironows noch am Leben sei. Sie hätten sie ja zerfleischt. Da hätte nichts mehr sie retten können!«

»Richtig«, meinte Pugatschow und musste lachen. »Meine versoffenen Burschen hätten das arme Mädel nicht verschont. Es war gut, dass die Frau des Popen sie betrogen hat.«

»Und nun höre noch dies«, sprach ich weiter, denn ich sah, dass er guter Laune war. »Ich weiß nicht, wie ich dich nennen soll, und ich will es auch nicht wissen.... Allein Gott weiß, dass ich für das, was du an mir getan hast, freudig mit meinem Leben bezahlen würde. Fordere nur nicht von mir, was meiner Ehre und dem Gewissen des Christen widerspricht. Du bist mein Wohltäter. Vollende denn, wie du begonnen hast: lass uns ziehen, mich und die arme Waise, wohin es Gott gefällig ist. Wir aber werden, wo du auch seist und was immer mit dir geschehe, jeden Tag Gott um die Rettung deiner armen Seele anflehen....«

Es schien mir, dass meine Worte die raue Seele Pugatschows gerührt hatten.

»Gut denn!« sagte er schließlich. »Entweder soll man richten oder begnadigen, so habe ich's immer gehalten. Nimm sie denn mit dir, deine schöne Jungfrau, und bring sie, wohin du willst, und schenke Gott euch Liebe und Verstand!«

Darauf wendete er sich zu Schwabrin und befahl ihm, mir einen Passierschein, gültig für alle unterworfenen Festungen und Plätze, auszustellen. Schwabrin stand da, als sei er ganz zusammengebrochen und vernichtet. Pugatschow entfernte sich darauf, um die Festung zu besichtigen. Schwabrin begleitete ihn; ich aber blieb unter dem Vorwand, Reisevorbereitungen treffen zu müssen, zurück.

Ich eilte sogleich hinauf. Die Tür war versperrt. Ich klopfte. »Wer ist da?« fragte Palaschka. Ich nannte meinen Namen. Marja Iwanownas liebes Stimmchen erklang: »Noch ein wenig Geduld, Pjotr Andrejewitsch. Ich kleide mich gerade um. Gehen Sie derweilen zu Akulina Pamphilowna, ich werde sogleich dort sein.«

Ich fügte mich und begab mich zum Hause des Priesters Gerassim. Er sowohl wie auch seine Frau eilten mir entgegen. Ssaweljitsch hatte sie bereits von allem unterrichtet.

»Pjotr Andrejewitsch«, rief die Popenfrau, »so hat uns Gott wieder zusammengeführt. Wie geht's denn immer? Jeden lieben Tag haben wir von Ihnen gesprochen. Und Marja Iwanowna, was hat die alles ausstehen müssen, das arme Täubchen, während Sie fort waren! Ja, und sagen Sie doch, mein Väterchen, wie haben Sie nur den Pugatschow herumbekommen? Und wieso hat er Sie nicht um die Ecke gebracht? Na, jedenfalls müssen wir dem Halunken dafür dankbar sein.«

»Schon gut, Alte«, unterbrach sie der Priester Gerassim. »Du brauchst nicht deine ganze Wissenschaft auszukramen. Durch Schwatzen ist noch niemand selig geworden. Pjotr Andrejewitsch, Väterchen, immer hereinspaziert, wenn's beliebt. Lange, lange schon hatten wir nicht mehr die Ehre.«

Die Popenfrau setzte mir vor, was Küche und Kammer zu bieten hatten, und sprach und sprach ohne Unterlass. Sie schilderte, auf welche Art Schwabrin sie gezwungen hatte, Marja Iwanowna auszuliefern; und wie Marja Iwanowna geweint hatte und sich nicht von ihnen hatte trennen wollen; und wie sie nachher mit Marja Iwanowna in ständiger Verbindung gestanden hatte, und zwar durch Vermittlung von Palaschka (ein tüchtiges Mädchen, das auch den Kosakenunteroffizier nach seiner Pfeife tanzen lässt); und wie sie Marja Iwanowna geraten hatte, mir jenen Brief zu schreiben, und so weiter. Ich erzählte ihr darauf in der Küche meine Geschichte. Als sie erfuhren, dass Pugatschow von ihrem frommen Betrüge unterrichtet sei, bekreuzigten sich beide, der Pope und seine Frau. »Gott stehe uns jetzt bei!« rief Akulina Pamphilowna. »Gott gebe, dass diese Wolke vorüberziehe. Hat man Worte, dieser Schwabrin, ein schöner Herr!« Im gleichen Augenblick ging die Türe auf und Marja Iwanowna trat ein, ihr Gesicht war noch immer sehr bleich, aber sie lächelte. Die Bauerntracht hatte sie abgelegt und war wie früher einfach, aber gut gekleidet.

Ich ergriff ihre Hand und konnte lange kein Wort sprechen. Wir schwiegen beide, unsere Herzen waren übervoll. Unsere Wirte erkannten, dass ihre Anwesenheit überflüssig war, und verließen uns. Wir blieben allein. Und alles war vergessen. Wir sprachen und konnten uns nicht satt sprechen. Marja Iwanowna erzählte mir alles, was ihr seit der Einnahme der Festung zugestoßen war; sie schilderte mir das Grauenvolle ihrer Lage und alle die Qualen, mit denen der abscheuliche Schwabrin sie gemartert hatte. Wir gedachten auch der früheren glückseligen Zeit ... und weinten beide ... Schließlich begann ich ihr meine Absichten zu entdecken. In der Festung bleiben, die Pugatschow untertänig war und unter Schwabrins Befehl stand, war natürlich für sie unmöglich. Ebenso unmöglich, an Orenburg zu denken, denn dort litt alles unter den Gräueln der Belagerung. Sie selber hatte auf der ganzen Welt keine verwandte Menschenseele. So schlug ich ihr denn vor, zu meinen Eltern zu fahren. Zwar schwankte sie anfangs, denn ihr war bekannt, dass mein Vater ihr nicht wohlgesinnt war, und das schreckte sie zurück. Allein ich beruhigte sie bald. Ich wusste, dass mein Vater es für ein Glück erachten würde und für eine von selbst verständliche Pflicht der Ehre, die Tochter eines verdienten Offiziers, der für sein Vaterland gefallen war, bei sich aufzunehmen.

«Marja Iwanowna, Teure!» sagte ich endlich, «ich sehe dich schon jetzt als mein Weib an. Wunderbare Ereignisse haben uns unauflöslich miteinander verbunden; es ist nichts auf der Welt, das uns je zu trennen vermöchte.» Und Marja Iwanowna hörte mich ruhig an, ohne gemachte Schämigkeit, ohne gezierte Ausreden. Sie wusste, dass ihr Schicksal hinfort mit meinem verknüpft war. Aber sie wiederholte, sie könne nicht anders mein Weib werden als mit der Zustimmung meiner Eltern. Ich dachte auch nicht daran, ihr zu widersprechen. Wir küssten uns aufrichtig und leidenschaftlich -- und alles war zwischen uns im Reinen.

Eine Stunde darauf kam der Passierschein, der Kosakenunteroffizier brachte ihn mir, Pugatschow hatte irgendwie seinen Namen daruntergekritzelt -- gleichzeitig wurde ich aufgefordert, zu ihm zu kommen. Ich traf ihn im Begriff, die Rückreise anzutreten. Es ist mir völlig unmöglich, zu schildern, was in mir vorging, als ich von diesem entsetzlichen Menschen Abschied nahm, diesem Ungeheuer, diesem Scheusal für alle anderen und einzig für mich nicht. Und warum soll man die Wahrheit verheimlichen? Ein wirkliches Mitgefühl zog mich in diesem Augenblick zu ihm. Ich wünschte nichts sehnlicher, als ihn aus der Schar der Bösewichter, deren Anführer er war, zu reißen und auf diese Weise, bevor es zu spät war, seinen Kopf zu retten. Jedoch das Volk, das sich um uns drängte, und die Anwesenheit Schwabrins verhinderten mich daran, dem, womit mein Herz erfüllt war, Ausdruck zu verleihen.

Wir schieden in Freundschaft. Pugatschow erblickte in der Menschenmenge Akulina Pamphilowna, drohte ihr scherzhaft mit dem Finger und zwinkerte ihr bedeutungsvoll zu, dann aber schwang er sich in den Schlitten und befahl, nach Berda zu fahren, allein er steckte alsbald seinen Kopf noch einmal heraus und schrie mir zu: «Leb wohl, Euer Gnaden! Mag sein, dass wir uns noch einmal wiedersehen.» Und in der Tat, wir sahen uns freilich wieder -- aber unter welchen Umständen! ...

Pugatschow war fort. Lange schaute ich ihm nach und verfolgte mit den Augen sein Dreigespann, das über die weiße Steppe dahinflog. Das Volk zerstreute sich. Schwabrin war verschwunden. Ich kehrte ins Haus des Priesters zurück. Alles war fertig zu unserer Abreise; ich sah keinen Anlass, länger zu zaudern. Unser Hab und Gut war gepackt und lag im alten Fuhrwerk des Kommandanten. Die Kutscher spannten die Pferde an. Marja Iwanowna ging, vom Grabe ihrer Eltern Abschied zu nehmen; man hatte sie hinter der Kirche beigesetzt. Ich wollte sie begleiten; allein sie bat mich, sie allein zu lassen. Sie kehrte nach wenigen Minuten zurück und weinte still vor sich hin. Der Wagen fuhr vor. Der Priester Gerassim und seine Frau begleiteten uns bis vors Haus. Selbdritt nahmen wir im Innern des Wagens Platz: Marja Iwanowna mit ihrer Palaschka und ich. Ssaweljitsch kletterte auf den Bock. «Leb wohl, mein Täubchen Marja Iwanowna!» rief die brave Popenfrau. «Glückliche Reise! Gott segne euch alle beide!» So fuhren wir denn ab. Am Fenster des Kommandantenhauses stand Schwabrin. Finstere Wut sprach aus seinem Gesicht. Nicht willens, über den unterlegenen Feind zu triumphieren, bemühte ich mich, nach einer anderen Richtung zu blicken. Endlich kamen wir durchs Tor der Festung und verließen Bjelogorsk auf immerdar.

So mit einem Male, und zwar so völlig unerwartet, mit dem geliebten Mädchen verbunden, um das ich mich noch am Morgen qualvoll gesorgt hatte, kam mir alles plötzlich irgendwie unglaublich vor, und ich dachte, das Ganze sei vielleicht nichts als ein leeres Traumgesicht. Marja Iwanowna sah gedankenvoll bald mich an und bald auf den Weg hinaus, sie war offenbar noch durchaus nicht zu sich gekommen, geschweige denn zur vollen Besinnung. Wir schwiegen. Unsere Herzen waren allzu ermattet. Ohne es recht zu merken, befanden wir uns bereits nach zwei Stunden in der nächsten Festung, die ebenfalls von Pugatschow erobert worden war. Hier wechselten wir die Pferde. Die Schnelligkeit, mit der das geschah, und die flinke Dienstfertigkeit, die der bärtige Kosak uns erwies, den Pugatschow hier zum Kommandanten bestellt hatte, bewiesen mir nur zu deutlich, dass man, dank der Schwatzhaftigkeit des Kutschers, der uns hergefahren hatte, mich vermutlich für eine dem Hof nahestehende Größe hielt.

Und wieder ging es weiter. Die Dämmerung brach herein. Wir näherten uns einem Städtchen, in welchem wir, wie uns der bärtige Kommandant mitgeteilt hatte, einen größeren Truppenverband antreffen sollten, der gerade im Begriff stand, sich mit dem Heer des Usurpators zu vereinigen. Ein Wachtposten hielt uns an. Auf seine Frage: «Wer da?» entgegnete der Kutscher mit schallender Stimme: «Der Gevatter des Herrschers mit seiner jungen Hausfrau.» Sogleich umringte uns eine Husarenabteilung, und wir hörten furchtbares Fluchen. «Nur heraus, Gevatter des Satans», brüllte mich ein schnauzbärtiger Wachtmeister an. «Dir und deiner jungen Hausfrau wollen wir jetzt tüchtig einheizen!»

Ich stieg aus dem Wagen und verlangte, vor den Befehlshaber geführt zu werden. Als sie den Offizier erblickten, stellten die Soldaten augenblicks ihr Geschrei ein. Der Wachtmeister führte mich zum Major. Ssaweljitsch wich nicht von mir, brummte aber in einem fort vor sich hin: «Da haben wir den Gevatter des Herrschers! So kommt man aus dem Regen in die Traufe ... Gott und Herr! Wie wird das noch enden?» Der Wagen folgte uns im Schritt.

Nach fünf Minuten kamen wir vor das hell erleuchtete Haus. Der Wachtmeister übergab mich dem Posten und ging, mich zu melden. Allein er kehrte sogleich zurück und teilte mir mit, dass Seine Hochwohlgeboren nicht in der Lage seien, mich zu empfangen, sondern befohlen hätten, mich ins Gefängnis zu bringen, meine junge Hausfrau hingegen hinaufzuführen.

«Was soll das heißen?» schrie ich, rasend vor Wut. «Er ist wohl verrückt geworden?»

«Das kann ich nicht entscheiden, Euer Wohlgeboren», entgegnete der Wachtmeister. «Aber Seine Hochwohlgeboren haben befohlen, Euer Wohlgeboren ins Gefängnis zu bringen, und haben ferner befohlen, Euer Wohlgeboren vor Seine Hochwohlgeborenen zu führen, Euer Wohlgeboren.»

Ich eilte ins Haus. Dem Posten fiel es nicht ein, mich aufzuhalten, und so lief ich denn schnurstracks ins Zimmer, wo ich die Husarenoffiziere, sechs Mann hoch, beim Kartenspiel antraf. Der Major hielt die Bank. Aber wer beschreibt mein Erstaunen, als ich in ihm jenen Iwan Iwanowitsch Surin erkannte, der seinerzeit in dem Gasthaus zu Ssimbirsk mir so viel abgenommen hatte!

«Ist es möglich», rief ich, «Iwan Iwanowitsch! Bist du das?» «Ah, das ist ja Pjotr Andrejewitsch! Wie kommst denn du her? Woher des Wegs? Willkommen, Bruder. Was meinst du zu einer Karte?»

«Danke vielmals. Lass mir lieber Quartier anweisen.»

«Wozu dir Quartier? Bleib doch bei mir.»

«Unmöglich, ich bin nicht allein.»

«Na, dann reich ihn her, deinen Kameraden.»

«Es ist kein Kamerad, ich ... ich bin mit einer Dame hier.»

«Mit einer Dame! Und wo hast du denn die aufgegabelt? Du bist mir einer, Brüderchen!»

Und dabei pfiff er so ausdrucksvoll, dass alles rings in Lachen ausbrach, ich dagegen wurde völlig verwirrt.

«Schön», fuhr Surin fort, «wie du willst. Dein Quartier sollst du haben. Es tut mir leid ... Wir hätten so gut eins zechen können ... Heda! Kleiner! Wo bleibt denn die Gevatterin von dem Pugatschow? Ist sie vielleicht eigensinnig? Sagt ihr, sie soll sich nicht fürchten; der gnädige Herr sei ausgezeichnet, sie werde zufriedengestellt werden -- und gebt ihr einen ordentlichen Rippenstoß.»

«Welcher Unsinn!» unterbrach ich Surin, «was da, Gevatterin von Pugatschow! Es ist ja die Tochter des verstorbenen Hauptmanns Mironow. Ich habe sie aus der Gefangenschaft befreit und bringe sie jetzt zum Gut meines Vaters, wo sie einstweilen bleiben soll.»

«Wie? Dann warst du das, von dem man mir soeben berichtete? Ja, hör mal! Was sind das für Geschichten?»

«Das erzähl ich dir nachher. Jetzt aber beruhige um Gottes willen das arme Mädchen, deine Husaren haben sie zu Tode erschreckt.»

Surin traf auf der Stelle seine Anordnungen. Er begab sich sogar auf die Straße, um sich vor Marja Iwanowna wegen des vorgekommenen Missverständnisses zu entschuldigen; gleichzeitig befahl er dem

Wachtmeister, ihr das beste Quartier in der ganzen Stadt anzuweisen. Ich dagegen blieb über Nacht bei ihm. Nachdem wir zu Abend gespeist hatten und allein geblieben waren, erzählte ich ihm mein Abenteuer. Surin hörte mit großer Aufmerksamkeit zu. Als ich zu Ende war, schüttelte er den Kopf und meinte nur: »Ja, Bruder, alles ganz schön und gut; nur das eine ist dumm: welcher Satan reitet dich, heiraten zu wollen? Schau mal, als honetter Offizier muss ich dir die Wahrheit sagen, glaub mir, die ganze Ehe ist nichts als eine Dummheit. Hast du es denn so notwendig, dich mit einer Frau zu plagen und die Kinderfrau zu spielen? Spuck darauf! Hör lieber auf mich, lass sie laufen, die Hauptmannstochter. Die Straße nach Ssimbirsk habe ich gesäubert, dort ist jetzt für den Reisenden keine Gefahr mehr. Lass sie also morgen zu deinen Eltern allein fahren und bleibe selber bei meinem Detachement. Nach Orenburg zurückzukehren ist überflüssig. Wenn du den Rebellen von Neuem in die Hände fällst, wirst du nicht so billigen Kaufes davonkommen. Auf diese Weise wirst du am besten die ganze Liebesnarretei los, und alles wird sich schon einrenken.«

War ich auch nicht in allem mit ihm eines Sinnes, so konnte ich mich doch nicht des Gefühles erwehren, dass das Gebot der Ehre gebieterisch meine Anwesenheit im Heere der Kaiserin erfordere. Ich entschloss mich, den Rat Surins zu befolgen und Marja Iwanowna zu meinen Eltern zu schicken, selber jedoch beim Detachement zu bleiben.

Ssaweljitsch kam, mir beim Auskleiden behilflich zu sein; ich bedeutete ihm, sich am nächsten Tage fertigzuhalten, um die Reise mit Marja Iwanowna anzutreten. Er wollte erst nicht recht. »Was soll das, Herr? Wie könnte ich dich allein lassen? Wer wird auf dich achtgeben? Und was werden deine Eltern dazu sagen?«

Da ich den Eigensinn meines guten Alten sehr wohl kannte, versuchte ich ihn durch Zureden und Aufrichtigkeit umzustimmen. »Archip Ssaweljitsch, du warst immer schon mein wahrer Freund!« so sprach ich zu ihm. »Schlag mir die Bitte nicht ab, erweise mir die Wohltat; du weißt selber, an Bedienung wird es mir nicht mangeln, aber wie könnte ich ruhig sein, wenn Marja Iwanowna allein und ohne dich diese Reise antritt? Wenn du ihr dienst, so dienst du hierdurch gleichzeitig auch mir, da es mein fester Entschluss ist, sie, sobald es die Verhältnisse einigermaßen zulassen, zu heiraten.«

Ssaweljitsch schlug die Hände zusammen, er war einfach unbeschreiblich verblüfft.

«Heiraten!» wiederholte er. «Was nicht gar, das Kind will heiraten! Und was wird denn der Herr Vater dazu sagen, und was soll das Mütterchen davon denken?»

«Sie werden einwilligen, sie werden bestimmt einwilligen», entgegnete ich, «wenn sie erst Marja Iwanowna kennengelernt haben werden. Ich setze meine Hoffnung auf dich. Vater und Mutter haben Vertrauen zu dir; du sollst unser Fürsprecher sein, was meinst du dazu?»

«Väterchen, Väterchen, Pjotr Andrejewitsch!» antwortete er. «Ist es auch viel zu früh für dich, ans Heiraten zu denken, so ist doch Marja Iwanowna ein so vortreffliches Fräulein, dass es jammerschade wäre, diese Gelegenheit ungenützt vorübergehen zu lassen. Wie du meinst! Ich will sie begleiten, diesen Engel Gottes, und werde deinen Eltern mit aller Unterwürfigkeit unterbreiten, dass ein Bräutchen dieses Schlages wahrscheinlich keine Mitgift vonnöten hat.»

Ich dankte Ssaweljitsch und begab mich im gleichen Zimmer mit Surin zu Bett. Ich war so erhitzt und aufgeregt, dass ich ins Schwatzen kam. Surin war anfangs gerne dabei, nach und nach jedoch wurden seine Worte immer seltener und verloren immer mehr den Zusammenhang; endlich ertönte statt der Antwort auf eine Frage, die ich ihm gestellt hatte, nur ein Schnarchen und ein pfeifendes Atmen. So verstummte denn auch ich und folgte seinem Beispiel.

Tags darauf eilte ich schon in der Frühe zu Marja Iwanowna. Ich entdeckte ihr meine Absichten. Sie hielt sie für verständig und gab alsbald ihre Zustimmung. Surins Abteilung sollte noch am gleichen Tage aus der Stadt rücken. Wir mussten mithin eilen. So nahm ich denn selbst Abschied von Marja Iwanowna und überantwortete sie, nachdem ich ihr einen Brief an meine Eltern übergeben hatte, Ssaweljitsch. Marja Iwanowna brach in Tränen aus. «Lebe wohl, Pjotr Andrejewitsch», sagte sie mit verhaltener Stimme. «Ob wir uns je wiedersehen werden oder nicht -- weiß Gott allein; ich werde immerdar an dich denken; du allein wirst in meinem Herzen bleiben bis ans Grab.» Was konnte ich darauf erwidern? Wir waren nicht allein. Vor den Fremden wollte ich mich nicht den Gefühlen, die mich bewegten, hingeben. Sie reiste bald darauf ab. Still und traurig kehrte ich zu Surin zurück. Er versuchte mich aufzumuntern, und auch ich selber wollte mich zerstreuen; in Saus und Braus ging der Tag hin, am Abend rückten wir ins Feld.

Es war unterdessen Ende Februar geworden. Der Winter, der die militärischen Unternehmungen gehemmt hatte, war vorüber, und unsere Generäle trafen

Vorkehrungen zu einem gemeinsamen Vorrücken. Pugatschow stand immer noch vor Orenburg. Inzwischen hatten sich unweit von ihm die verschiedenen Heeresgruppen vereinigt, und nun drang man von allen Seiten gegen das Räubernest vor. Die aufständischen Dörfer unterwarfen sich, sobald sie unserer Truppen ansichtig wurden; die Räuberbanden flohen vor uns, und so schien einer schnellen und siegreichen Durchführung des Feldzuges nichts mehr im Wege zu stehen.

Bald darauf gelang es dem Fürsten Golizyn, bei der Festung Tatischtschewo Pugatschow zu schlagen, er zerstreute dessen Scharen, entsetzte Orenburg und hatte, wie es schien, dem Aufruhr den letzten und entscheidenden Schlag versetzt. Surin erhielt gleichzeitig den Befehl, gegen eine Horde rebellischer Baschkiren vorzugehen, allein noch ehe wir sie zu Gesicht bekamen, waren sie schon in alle Winde. Wir lagerten gerade in einem kleinen Tatarendorf, als der Frühling über uns kam. Die Flüsse traten aus ihren Ufern, und die Wege waren nicht mehr zu passieren. In unserer Tatenlosigkeit war uns der Gedanke ein Trost, dass nunmehr dieser langweilige Kleinkrieg mit Räubern und Wilden seinem Ende entgegengehe.

Allein Pugatschow war entwischt. Er tauchte bald darauf in den sibirischen Bergwerken auf, sammelte neue Banden und begann aufs Neue sein Unwesen. Und wieder schossen überall die Gerüchte von seinen Erfolgen empor. Wir erfuhren, dass er einige sibirische Festungen zerstört habe. Kurz danach kam die Nachricht von der Einnahme Kasans; der Marsch des Usurpators auf Moskau endlich bewirkte, dass unsere Heerführer aufwachten, die so lange in der Hoffnung auf die Schwäche des verachteten Aufwieglers sorglos geschlummert hatten. Surin erhielt den Befehl, über die Wolga zu setzen.

Es hat keinen Sinn, unsern Feldzug und das Ende des Krieges zu schildern. Ich will nur kurz mitteilen, dass die Not bis zum äußersten gestiegen war. Die Behörden hatten ihre Tätigkeit eingestellt; die Gutsbesitzer flüchteten in die Wälder. An allen Enden wüteten Räuberbanden; die Befehlshaber der einzelnen Abteilungen straften und begnadigten, wie es ihnen gut dünkte; der Zustand des ganzen umfangreichen Landstriches, in dem die Feuersbrunst wütete, war wahrscheinlich entsetzlich ... Gott bewahre uns davor, jemals einen russischen Aufruhr zu erleben, weil er immer sinnlos und unbarmherzig ist.

Endlich ergriff Pugatschow die Flucht, verfolgt von Iwan Iwanowitsch Michelson. Bald darauf kam die Nachricht, dass er völlig aufgerieben sei. Endlich erhielt Surin die Mitteilung, dass der Usurpator gefangen sei, gleichzeitig wurde uns befohlen haltzumachen. Der Krieg war zu Ende. Es bestand mithin für mich die Möglichkeit, zu meinen Eltern zu fahren. Der Gedanke, dass ich diese nun bald umarmen würde und auch Marja Iwanowna, von der ich überhaupt keine Nachricht hatte, wiedersehen dürfte, begeisterte mich wie ein Rausch. Ich hüpfte wie ein Kind. Surin lachte mich aus und meinte achselzuckend: «Nein! Nein! Du wirst kein gutes Ende nehmen! Heiraten bedeutet nutzlos zugrunde gehen!»

Allein ein sonderbares Gefühl vergällte meine Freude, es war der Gedanke an den Bösewicht, der die Blutschuld an so viel unschuldigen Opfern auf sich geladen hatte, der Gedanke an die Hinrichtung, die ihm bevorstand -- dies beunruhigte mich unwillkürlich. «Warum hast du dich nicht rechtzeitig in ein Bajonett gestürzt oder vor eine Kartätsche gestellt?» dachte ich manchmal verstimmt. «Etwas Besseres hättest du nicht ersinnen können.» Was hätte ich tun sollen! Der Gedanke an ihn war unauflöslich mit dem Gedanken an jene Begnadigung verbunden, die er mir in einer der furchtbarsten Minuten meines Lebens zuteilwerden ließ, und ebenso mit dem Gedanken, dass er meine Braut aus den Händen des abscheulichen Schwabrin befreit hatte.

Surin gab mir natürlich sofort Urlaub. Nur noch wenige Tage, und ich sollte wieder im Kreise der Meinigen weilen und Marja Iwanowna wiedersehen ... Aber da brach unerwartet ein Wetter über mich herein.

Am Tage meiner Abreise, ja fast in der gleichen Minute, als alles so weit war, dass ich endlich abfahren konnte, trat Surin in meine Hütte; er hielt ein Papier in der Hand, seine Miene war außergewöhnlich bekümmert. Es gab mir einen Stich ins Herz. Ich erschrak und wusste nicht, warum. Er schickte meinen Diener hinaus und teilte mir mit, er müsse mit mir sprechen. «Was gibt es?» fragte ich beunruhigt. -- «Eine dumme Sache», entgegnete er und reichte mir das Papier. «Lies, was mir diesen Augenblick zugestellt wurde.» Und ich las: es war ein Geheim- erlass an alle Abteilungskommandanten, mich zu verhaften, wo immer ich mich auch aufhielt, mich ohne Verzug unter Bedeckung nach Kasan transportieren zu lassen und mich der Untersuchungskommission zuzuführen, die in allen Angelegenheiten, die Pugatschow betrafen, eingesetzt worden war.

Das Papier wäre mir fast aus der Hand gefallen. «Nichts zu machen!» sagte Surin. «Es ist meine Pflicht, dem Erlass zu gehorchen. Vermutlich sind irgendwelche Gerüchte über deine freundschaftlichen Fahrten mit Pugatschow bis zu den Ohren der Regierung gedrungen. Ich hoffe, dass die Sache keine Folgen haben wird und dass es dir gelingen wird, dich vor der Kommission zu rechtfertigen. Verzage nicht und mach dich auf den Weg.» Mein Gewissen war rein, ich scheute das Gericht keineswegs; nur das eine war mir entsetzlich, die Minute des seligen Wiedersehens wieder ferner gerückt zu sehen, vielleicht sogar auf einige Monate. Unterdessen fuhr der Wagen vor. Surin nahm auf das Freundschaftlichste von mir Abschied. Ich wurde in den Wagen gehoben. Neben mir saßen zwei Husaren mit gezogenen Säbeln, und so fuhr ich denn ab, die Hauptstraße entlang.

Ich war davon überzeugt, dass an allem nur meine eigenmächtige Entfernung aus Orenburg schuld war. Allein es war mir leicht, mich zu rechtfertigen: Nicht nur waren uns zu keiner Zeit Reiterstückchen verboten worden, sondern wir wurden sogar auf jede Weise dazu ermuntert. Man konnte mir zu große Verwegenheit vorwerfen, doch keine Unbotmäßigkeit. Freilich konnten andererseits meine freundschaftlichen Beziehungen zu Pugatschow durch viele Zeugen erwiesen werden, und es lag auf der Hand, dass sie zum Mindesten als sehr verdächtig ausgelegt werden konnten. Während des ganzen Weges beschäftigte mich der Gedanke an die Verhöre, die mich sicherlich erwarteten, ich legte mir meine Antworten zurecht und war fest entschlossen, vor Gericht nur die lauterste Wahrheit auszusagen, denn diese Methode der Rechtfertigung hielt ich nicht nur für die einfachste, sondern auch für die allerbeste.

So traf ich denn in Kasan ein, es sah verwüstet und abgebrannt aus. Auf den Straßen sah man anstelle der Häuser verkohlte Trümmerhaufen, hie und da ragten rauchgeschwärzte Wände empor ohne Dächer und Fenster. Das war die Spur, die Pugatschow hinterlassen hatte! Man brachte mich zum Festungswerk, das allein inmitten der niedergebrannten Stadt unversehrt geblieben war. Die Husaren übergaben mich dem wachhabenden Offizier. Dieser ließ den Schmied rufen. Meine Füße wurden in Ketten gelegt, die fest zusammengeschmiedet wurden. Darauf wurde ich in den Kerker geführt und in einem engen dunklen Loch eingesperrt, das aus vier kahlen Wänden bestand mit einem winzigen, dicht vergitterten Fensterchen.

Dieser Anfang verhieß wenig Gutes. Dennoch ließ ich meinen Mut nicht sinken und verlor auch die Hoffnung nicht. Ich nahm meine Zuflucht zu dem Troste aller Bekümmerten und schlief beruhigt ein, nachdem ich zum ersten Male die Süßigkeit des Gebetes, das aus reinem, aber gepeinigtem Herzen strömt, gekostet hatte, ohne mich darum zu sorgen, was mit mir geschehen werde.

Tags darauf weckte mich der Gefängnisschließer mit der Mitteilung, ich solle der Kommission vorgeführt werden. Ich wurde von zwei Soldaten über den Hof in die Kommandantur gebracht, sie blieben im Vorsaal zurück und ließen mich allein in die inneren Gemächer treten.

Ich kam in einen ziemlich geräumigen Saal. An einem ganz mit Papieren überhäuften Tisch saßen zwei Männer: ein bereits bejahrter General, dessen Miene streng und eisig war, und ein junger Hauptmann der Garde, der etwa achtundzwanzig Jahre alt sein mochte und sehr angenehm aussah, er war im Umgang gewandt und sicher. Am Fenster saß über seine Papiere gebeugt der Sekretär an einem besonderen Tisch, die Feder hinterm Ohr; er schickte sich an, meine Aussagen niederzuschreiben. So begann das Verhör. Zuerst wurde ich nach meinem Namen und meinem Stand gefragt. Der General erkundigte sich, ob ich nicht ein Sohn des Andrej Petrowitsch Grinew sei? Und als ich die Frage beantwortet hatte, warf er mit rauem Tone hin: «Schade, dass ein so ehrenwerter Mann einen so nichtswürdigen Sohn hat!» Mit größter Ruhe entgegnete ich ihm, dass, welcher Art auch die Beschuldigungen seien, die gegen mich schwebten, ich sie dennoch durch die freimütige Schilderung des wahren Sachverhaltes zu zerstreuen hoffte. Meine Zuversicht wollte ihm keineswegs gefallen. «Du bist ein Pfiffikus, Bruder», sagte er und runzelte die Stirn, «wir haben schon mehr Deinesgleichen gesehen!»

Darauf fragte mich der jüngere Mann, bei welcher Gelegenheit und zu welcher Zeit ich in Pugatschows Dienst getreten sei und zu welcher Art Aufträgen ich von ihm verwendet worden sei.

Mit lebhaftem Unwillen entgegnete ich, dass ich, als Offizier und Edelmann, in keinerlei Dienstverhältnis zu Pugatschow treten konnte und auch keinerlei Aufträge von ihm jemals entgegengenommen hatte.

«Wieso konnte es dann geschehen», entgegnete er, «dass einzig dieser Offizier und Edelmann vom Usurpator verschont wurde, während alle seine Kameraden auf bestialische Weise ermordet wurden? Wieso kam es, dass dieser selbe Offizier und Edelmann auf Freundesart mit den Rebellen zechte und vom Haupthalunken sogar Geschenke annahm, einen Pelz, ein Pferd und einen halben Rubel in barem Gelde? Woher stammte diese eigentümliche Freundschaft und worauf konnte sie wohl beruhen, wenn nicht auf Verrat oder zum Mindesten auf niedriger, verbrecherischer Feigheit?»

Diese Worte des Gardeoffiziers verletzten mich auf das Äußerste, und mit größter Leidenschaft begann ich meine Rechtfertigung. Ich erzählte von jenem Schneesturm in der Steppe und wie damals meine Bekanntschaft mit Pugatschow angefangen hatte und dass er mich bei der Einnahme der Festung Bjelogorsk nur begnadigte, weil er mich erkannt hatte. Ich sagte, dass ich in der Tat keinen Hinderungsgrund, das Pferd und den Pelz vom Usurpator entgegenzunehmen, gesehen hätte; doch dass ich hingegen die Festung Bjelogorsk bis zur äußersten Möglichkeit gegen die Übeltäter verteidigt hätte. Schließlich berief ich mich auch auf meinen General, der meinen Eifer zur Zeit der unglücklichen Belagerung von Orenburg wohl bezeugen dürfte.

Da ergriff der strenge alte Herr einen auf dem Tisch liegenden bereits geöffneten Brief und las ihn laut vor:

«Zu der Anfrage Eurer Exzellenz hinsichtlich des Fähnrichs Grinew, ob er in die gegenwärtigen Unruhen verwickelt und in dienstwidrige und den Fahneneid verletzende Beziehungen zum Übeltäter getreten sei, habe ich die Ehre, Folgendes zu melden: Besagter Fähnrich Grinew stand in Orenburg im Dienst vom Anfang Oktober des vorigen 1773er Jahres bis zum 27. Februar des laufenden Jahres, an welchem Tage er sich aus der Stadt entfernte und seit der Zeit nicht mehr unter meinem Kommando gewesen ist. Den Aussagen von Überläufern jedoch konnte man entnehmen, dass er im Hauptquartier Pugatschows geweilt habe und ferner mit ihm zusammen nach der

Festung Bjelogorsk gereist sei, wo Besagter vormals im Dienst stand; bezüglich seiner Aufführung kann ich...»

Hier unterbrach er die Lektüre und fragte mich rau: «Was kannst du hierauf zu deiner Rechtfertigung anführen?» Es war eigentlich meine Absicht gewesen, fortzufahren, wie ich begonnen, und auch meine Beziehungen zu Marja Iwanowna genauso freimütig zu offenbaren wie alles Übrige, plötzlich jedoch überkam mich ein unüberwindlicher Abscheu davor. Mir schoss durch den Kopf, dass, wenn ich sie nannte, die Kommission sie zweifellos vorladen würde, allein schon der Gedanke, ihren Namen mit den widerlichen Bezichtigungen von Halunken in Zusammenhang zu bringen, ja womöglich die Ursache zu sein, dass sie mit solchen konfrontiert würde -- dieser gräuliche Gedanke war so überwältigend, dass ich unwillkürlich stockte und in Verwirrung geriet.

Beim Anblick meiner Bestürzung gewann bei meinen Richtern, die anscheinend bereits begonnen hatten, meine Aussagen mit einer gewissen Geneigtheit anzuhören, die alte Voreingenommenheit wieder Oberhand. Der Gardeoffizier verlangte, dass ich mit dem Hauptangeber konfrontiert werden solle. Der General befahl, den gestrigen Schuft zu holen. Gespannt drehte ich mich zur Türe, das Erscheinen meines Anklägers erwartend. Einige Minuten darauf hörte ich das Geklirr von Ketten, die Türe ging auf, und wen musste ich erblicken? Es war Schwabrin. Es überraschte mich, wie ungemein er sich verändert hatte. Er sah entsetzlich blass und abgemagert aus. Seine Haare, noch vor Kurzem pechschwarz, waren völlig grau geworden; sein Bart war lang und struppig. Er wiederholte seine Anschuldigungen mit leiser, aber sicherer Stimme. Er sagte, ich sei von Pugatschow als Spion nach Orenburg entsendet worden; ich hätte während der täglich stattfindenden Reiterscharmützel dem Feinde schriftliche Nachrichten über alles zukommen lassen, was in der Stadt vorging; endlich sei ich offen zum Usurpator übergegangen und sei mit ihm von Festung zu Festung gereist, und zwar mit der Absicht, meine Kameraden, die ebenfalls Verrat geübt hätten, zu verderben, um ihre Posten einzunehmen und die Belohnungen, die der Usurpator verteilte, einzustecken. Schweigend hörte ich zu, befriedigt nur von dem einen: Marja Iwanownas Name kam nicht über die Lippen des widerwärtigen Schurken; sei es nun, dass seine Eigenliebe zu sehr bei dem Gedanken an jene, die ihn mit Verachtung zurückgewiesen hatte, leiden musste, oder geschah es vielleicht, weil auch in seinem Herzen verborgen ein Funken jenes Gefühles glomm, das mich schweigen ließ. Wie immer dem auch sei, der Name der Tochter des Kommandanten von Bjelogorsk wurde vor der Untersuchungskommission nicht genannt. Ich überzeugte mich immer mehr davon, dass mein Entschluss richtig war, und als schließlich meine Richter fragten, wodurch ich Schwabrins Angaben widerlegen wolle, antwortete ich nur, dass ich mich an meine erste Aussage hielte und nichts anderes zu meiner Rechtfertigung anzuführen hätte. Darauf befahl der General, uns abzuführen. Wir gingen zusammen hinaus. Mit großer Ruhe betrachtete ich Schwabrin, allein ich sprach kein Wort zu ihm. Er lachte sein boshaftes Lachen und überholte mich, indem er seine Ketten in die Höhe raffte und seinen Schritt beschleunigte. So wurde ich denn wiederum in den Kerker geworfen und seit jenem Tage zu keinem Verhör mehr vorgeladen.

Zum Schluss habe ich dem Leser nur noch einige Vorgänge mitzuteilen, die ich zwar nicht selber miterlebt habe, aber von denen ich so häufig erzählen hörte, dass selbst die geringsten Einzelheiten sich meinem Gedächtnis eingeprägt haben, sodass es mir zuweilen fast vorkommen will, als ob ich selber allem unsichtbar beigewohnt hätte.

Marja Iwanowna wurde von meinen Eltern mit jener aufrichtigen Gutherzigkeit aufgenommen, die ein Kennzeichen der Leute des alten Schlages ist. Sie erblickten eine Wohltat Gottes darin, dass es ihnen vergönnt war, einer verlassenen Waise Obdach zu geben und sie nach Kräften aufzurichten. Nicht lange, und sie waren ihr innig zugetan, denn es war ja ein Ding der Unmöglichkeit, sie kennenzulernen und nicht lieb zu gewinnen. Mein Vater sah nunmehr meine Liebe nicht als eine pure Dummheit an, meine Mutter wünschte nichts ehrlicher, als dass ihr Petruscha die liebliche Hauptmannstochter bald heiraten möge. Das Gerücht von meiner Verhaftung war ein Schlag für meine ganze Familie. Marja Iwanowna hatte meinen Eltern meine wunderliche Bekanntschaft mit Pugatschow so schlicht geschildert, dass diese sich nicht nur deswegen keineswegs beunruhigten, sondern sogar häufig von ganzem Herzen darüber lachten.

Darum sträubte sich auch mein Vater, daran zu glauben, dass ich in den scheußlichen Aufruhr verwickelt sein könnte, dessen Ziel ja doch nur Thronsturz und Ausrottung des Adels waren. Trotzdem stellte er ein strenges Verhör mit Ssaweljitsch an. Mein alter Erzieher verhehlte natürlich nicht, dass freilich sein Herr zu Gast bei Jemeljan Pugatschow gewesen sei und dass der Bösewicht ihm Wohlwollen erwiesen habe; aber er schwur gleichzeitig, dass von irgendwelchem Verrat auch nicht die Rede sein könnte. Meine betagten Eltern beruhigten sich hierbei und erwarteten voller Ungeduld das Eintreffen günstiger Nachrichten. Marja Iwanowna hingegen war heftig erschüttert, schwieg jedoch, da ihr die Gabe der Bescheidenheit und der Rücksicht im höchsten Maße zu eigen war.

So vergingen einige Wochen ... Plötzlich erhielt mein Vater einen Brief aus Petersburg, und zwar von unserem Verwandten, dem Fürsten B. Der Brief des Fürsten betraf mich. Nach der üblichen Einleitung teilte er ihm mit, dass zu seinem Leidwesen der Verdacht bezüglich meiner Mitwirkung an den Plänen der Rebellen sich als nur zu begründet erwiesen habe und dass mir demzufolge eine exemplarische Strafe habe zuerkannt werden müssen, dass jedoch Ihre Majestät aus Rücksicht auf die Verdienste und das ehrwürdige Alter des Vaters beschlossen habe, den verbrecherischen Sohn zu begnadigen, und, das entehrende Urteil kassierend, lediglich befohlen habe, ihn zu ewiger Verbannung in einen entfernten Strich Sibiriens zu bringen.

Dieser unverhoffte Schlag kostete meinen Vater fast das Leben. Dieses Mal war es aus mit seiner gewöhnlichen Standhaftigkeit, und sein Kummer (den er meist verborgen hielt) ergoss sich in bitterem Klagen: «Wie!» rief er außer sich. «Mein eigener Sohn hat an den Absichten Pugatschows teilgenommen! Gerechter Gott, und das musste ich erleben! Die Kaiserin hat das Urteil kassiert! Wird es dadurch für mich etwa erträglich? Die Strafe schreckt mich nicht, starb mein Ahne doch auf dem Richtplatz, als er dafür einstand, was er für das unantastbare Heiligtum seines Gewissens hielt! Mein eigener Vater hat gemeinsam mit Wolynskij und Chruschtschow leiden müssen. Aber ein Edelmann, der seinen Eid bricht, der sich mit Räubern verbündet, mit Mördern und mit entlaufenen Sklaven! Schmach und Schande unserem Hause!...» Mein Mütterchen war über diesen Ausbruch der Verzweiflung so erschrocken, dass sie es nicht wagte, in seiner Gegenwart zu weinen, und nur das eine im Sinne hatte, ihn zu ermutigen, indem sie beständig von der Unzuverlässigkeit der Gerüdite und vom Wankelmut der Menschen sprach. Allein mein Vater war untröstlich.

Marja Iwanowna litt noch mehr als die anderen. Sie war davon überzeugt, dass es mir ein Leichtes gewesen wäre, mich zu rechtfertigen, sobald ich es nur gewollt hätte, denn sie erriet den Grund, warum ich schwieg, und hielt sich heimlich für die Urheberin meines Elends. Allein sie verbarg ihre Tränen und ihren Gram vor allen und dachte nur unablässig daran, auf welche Weise sie mich retten könnte.

Eines Abends saß mein Vater wie immer auf dem Kanapee und blätterte im «Hofkalender», aber seine Gedanken waren ganz woanders, und so vermochte diesmal die Lektüre nicht, ihren gewöhnlichen Einfluss auf ihn auszuüben. Er pfiff einen altmodischen Marsch vor sich hin. Mein Mütterchen strickte schweigend an einem wollenen Kamisol, und ab und zu tropften Tränen auf ihre Arbeit. Plötzlich rückt Marja Iwanowna, die dort mit einer Handarbeit beschäftigt saß, mit der Mitteilung heraus, dass eine gebieterische Notwendigkeit es erfordere, dass sie sich unverzüglich nach Petersburg begebe, und dass sie darum bitte, sie hinzuschaffen. Mein Mütterchen war hierüber sehr betrübt. «Wozu musst du denn nach Petersburg?» fragte sie. «Marja Iwanowna, willst du uns wirklich verlassen?» Aber Marja Iwanowna entgegnete, ihr ganzes ferneres Schicksal hänge von dieser Fahrt ab und sie müsse als die Tochter eines Mannes, der um seiner Treue willen gelitten habe, jetzt unbedingt dorthin fahren, um die Unterstützung und die Hilfe einflussreicher Leute zu gewinnen.

Mein Vater beugte sein Haupt, wie ein ätzender Vorwurf berührte ihn jedes Wort, das ihn an das vermeintliche Verbrechen seines Sohnes erinnerte. «Fahr zu, Mütterchen!» gab er ihr seufzend zur Antwort. «Es sei ferne von uns, deinem Glück im Wege zu stehn. Gott gebe dir einen redlichen Menschen zum Mann und nicht einen ehrlosen Verräter.» Hiermit stand er auf und verließ das Gemach.

Als Marja Iwanowna mit meiner Mutter allein war, eröffnete sie ihr zum Teile, was sie beabsichtigte. Und mein Mütterchen umarmte sie unter Tränen und flehte zu Gott, Er möge das Vorhaben zu einem glücklichen Ende führen. Marja Iwanowna wurde mit allem versehen und reiste schon nach wenigen Tagen ab, begleitet von ihrer treuen Palaschka und dem treuen Ssaweljitsch, der, so gewaltsam von mir getrennt, den einzigen Trost im Gedanken fand, dass er wenigstens meiner Braut diene.

Marja Iwanowna langte wohlbehalten in dem Petersburger Vororte Sophia an und entschloss sich, dort ihren Aufenthalt zu nehmen. Ein Logis war bald gefunden, war es auch nur ein Verschlag hinter einer spanischen Wand. Die Frau des Aufsehers kam sogleich ins Gespräch mit ihr und erzählte ihr unter anderem, sie sei die Nichte eines Hofheizers und weihte sie unverzüglich in alle Geheimnisse des Hoflebens ein. Sie wusste, um welche Stunde die Kaiserin gewöhnlich aufzuwachen pflegte und wann sie den Kaffee zu sich zu nehmen geruhte und wann sie ihren Spaziergang machte; ihr war bekannt, welche Würdenträger sie umgeben durften; und welche Worte sie geruht hatte gestern bei sich zu sprechen; und wer aller des Abends empfangen worden war. Kurzum, was Anna Wlasjewna zu sagen wusste, war viele Seiten historischer Erinnerung wert und wäre für die

Nachwelt unschätzbar. Aufmerksam hörte ihr Marja Iwanowna zu. Darauf gingen sie in den Park. Anna Wlasjewna kannte die Geschichte jeder Allee und jedes Brückchens, und nachdem sie sattsam spazieren gegangen waren, kehrten sie wieder zurück und gingen schließlich tief befriedigt voneinander zu Bett.

Des anderen Tages erwachte Marja Iwanowna bereits in aller Morgenfrühe, zog sich leise an und ging in den Park. Es war ein wundervoller Morgen, die Sonnenstrahlen spielten auf den Gipfeln der Linden. Der breite See schimmerte reglos. Die Schwäne schwammen majestätisch aus den Büschen hervor. Marja Iwanowna war gerade zu einer prächtigen Wiese gekommen. Da schlug plötzlich ganz in ihrer Nähe ein weißes Hündchen laut an und lief auf sie zu. Marja Iwanowna erschrak und blieb stehen. Im gleichen Augenblick ertönte eine angenehme Frauenstimme: »Keine Furcht, er beißt nicht.« Marja Iwanowna erblickte auf der Bank, die einem Denkmal gegenüberstand, eine Dame. Marja Iwanowna nahm auf dem anderen Ende der Bank Platz. Die Dame musterte sie aufmerksam; aber auch Marja Iwanowna, die sich ihrerseits nur mit einigen schnellen Seitenblicken begnügt hatte, vermochte es, ihre Nachbarin von Kopf bis zu Fuß zu besichtigen. Sie trug ein weißes Morgenkleid, eine Nachthaube und eine Wolljacke. Sie mochte einige vierzig Jahre alt sein. Ihr rundliches und rosiges Gesicht atmete Würde und Ruhe, aber die blauen Augen und das sanfte Lächeln waren von unbeschreiblicher Anmut. Die Dame unterbrach als Erste das Schweigen.

«Sie sind gewiss nicht von hier?» fragte sie.

«In der Tat, ich bin erst gestern aus der Provinz gekommen.»

«Sie sind wohl mit Ihren Angehörigen hier?»

«Keineswegs, ich kam allein.»

«Allein! Sie sind doch noch so jung?»

«Ich habe weder Vater mehr noch Mutter.»

«Sie reisten zweifellos her, um irgendwelche Angelegenheiten zu regeln?»

«Allerdings. Ich will der Kaiserin eine Bittschrift überreichen.»

«Sie sind eine Waise; ich nehme daher an, dass Sie sich über Bedrückung und Kränkungen zu beklagen haben.»

«Keineswegs. Ich kam, um eine Gnade zu erbitten, nicht etwa eine Gerechtigkeit.»

«Darf ich fragen, wen ich vor mir sehe?»

«Ich bin die Tochter des Hauptmanns Mironow.»

«Mironows Tochter! Desselben, der Kommandant einer der Orenburger Festungen war?»

«In der Tat.»

Die Dame schien gerührt.

«Verzeihen Sie», sprach sie in womöglich noch freundlicherem Tone, «wenn ich mich in Ihre Angelegenheiten einmische, ich verkehre zuweilen bei Hofe; teilen Sie mir bitte mit, worin das Gesuch besteht; es könnte möglich sein, dass es mir gelänge, Ihnen behilflich zu werden.»

Marja Iwanowna erhob sich und dankte ihr respektvoll. Unwillkürlich zog es sie zu der Unbekannten, die ihr ein großes Vertrauen einflößte. Marja Iwanowna holte das bereits gefaltete Papier aus ihrem Beutel und überreichte es der fremden Gönnerin, die es still zu lesen begann.

Anfangs las diese das Gesuch mit aufmerksamer und wohlwollender Miene; plötzlich jedoch veränderte sich der Ausdruck ihres Gesichtes - und Marja Iwanowna, deren Augen gespannt jede ihrer Regungen verfolgten, erschrak vor der Strenge dieses Antlitzes, das noch vor wenigen Augenblicken so angenehm und so ruhig ausgesehen hatte.

«Sie bitten für Grinew?» sagte die Dame kalt. «Die Kaiserin kann ihm nicht verzeihen. Nicht Dummheit oder Leichtgläubigkeit hat ihn zu dem Usurpator geführt, er schloss sich ihm an, weil er ein liederlicher und gefährlicher Taugenichts ist.»

«Ach, das ist nicht wahr!» rief Marja Iwanowna.

«Was? Nicht wahr?» brauste die Dame auf, rot vor Zorn.

«Nein, es ist nicht wahr, bei Gott, es ist nicht wahr! Ich allein weiß alles und will es Ihnen erzählen. Nur mir zuliebe, einzig meinetwegen hat er sich all dem ausgesetzt, was man ihm jetzt vorwirft. Und dass er sich vor Gericht nicht rechtfertigen konnte, kam sicher nur deswegen, weil er mich nicht mit hinein verwickeln wollte.»

Voller Eifer begann sie darauf, das zu schildern, was dem Leser bereits bekannt ist.

Aufmerksam hörte die Dame zu.

«Wo wohnen Sie?» fragte sie schließlich und sagte dann, als sie Anna Wlasjewnas Namen vernahm, mit einem kleinen Lächeln: «Ach so! Ich weiß schon. Leben Sie wohl und sagen Sie keinem von dieser Begegnung. Ich hoffe, dass die Antwort auf Ihren Brief nicht lange auf sich warten lassen wird.»

Damit stand sie auf und ging durch einen Laubengang, Marja Iwanowna dagegen kehrte voll freudiger Hoffnung zu Anna Wlasjewna zurück.

Die Hausfrau schalt sie wegen des frühen Herbstspazierganges, das sei schädlich und besonders nachteilig für die Gesundheit junger Mädchen. Sie brachte den Samowar herbei, kaum jedoch hatte sie sich zu einer Tasse Tee niedergelassen und eine ihrer endlosen Erzählungen über den Hof begonnen, da fuhr auch schon eine Hofkutsche vor, und ein Kammerlakai trat mit der Meldung ein, Ihre Majestät geruhe, die Jungfrau Mironowa zu sich zu bitten.

Anna Wlasjewna war überrascht, bekundete jedoch ihren Eifer. «Du mein Gott!» rief sie. «Die Herrscherin verlangt, dass Sie bei Hofe erscheinen. Wie kann sie nur Ihre Anwesenheit erfahren haben? Und wie werden Sie sich denn, Mütterchen, der Kaiserin vorstellen? Sie kennen ja, wenn ich recht sehe, nicht einmal den Hofknicks. Vielleicht wäre es besser, ich begleite Sie? Ich könnte Sie immerhin aufmerksam machen. Und wie wollen Sie denn hin? Doch nicht in diesem Reisekleid? Sollte ich nicht lieber zur Hebamme schicken und sie um ihren gelben Reifrock bitten?»

Allein der Kammerlakai sagte, Ihre Majestät hätten gewünscht, Marja Iwanowna möge allein kommen, und zwar so, wie man sie gerade antreffe. Es war nichts zu machen, Marja Iwanowna nahm in der Kutsche Platz und fuhr zum Schloss, begleitet von den Ratschlägen und den Segenswünschen Anna Wlasjewnas.

Marja Iwanowna ahnte, dass sich unser Schicksal jetzt entscheiden müsse; ihr Herz klopfte stark und unregelmäßig. Wenige Minuten darauf hielt die Kutsche vor dem Schloss. Zitternd stieg Marja Iwanowna die Treppe hinan. Die Türe flog vor ihr auf. Der Kammerdiener zeigte ihr den Weg, es war eine Reihe leerer, prächtiger Zimmer. Endlich vor einer verschlossenen Türe ließ er sie allein.

Nun musste sie gleich die Kaiserin von Angesicht zu Angesicht sehen. Dieser Gedanke erschreckte sie so sehr, dass sie sich kaum mehr auf den Beinen halten konnte. Eine Minute darauf öffnete sich die Türe und sie trat in das Ankleidezimmer der Herrscherin.

Die Kaiserin war bei der Toilette. Sie war von einigen Hofbeamten umgeben, die voll Ehrerbietung Marja Iwanowna Platz machten. Liebevoll wandte sich die Herrscherin zu ihr, und da erkannte Marja Iwanowna jene Dame, mit der sie vor wenigen Minuten so freimütig gesprochen hatte. Die Herrscherin winkte sie heran und sprach mit einem Lächeln: »Ich freue mich, dass es mir vergönne ist, mein Wort zu halten und Ihre Bitte erfüllen zu können. Ihre Sache ist geregelt. Ich bin von der Schuldlosigkeit Ihres Bräutigams überzeugt. Diesen Brief bitte ich Sie Ihrem zukünftigen Schwiegervater zu überbringen.«

Mit zitternder Hand empfing Marja Iwanowna den Brief, sie schluchzte auf und sank zu den Füßen der Kaiserin nieder, wurde jedoch gleich von dieser aufgehoben und geküsst. Die Herrscherin zog sie ins Gespräch. »Ich weiß, dass Sie kein Vermögen haben«, meinte sie schließlich, »aber ich glaube, dass ich die Schuldnerin der Tochter des Hauptmanns Mironow bin. Machen Sie sich um Ihre Zukunft keine Sorgen. Ich nehme es auf mich, Ihr Vermögen zu begründen.«

Nachdem die Kaiserin von ihr Abschied genommen hatte, wurde sie entlassen. In der gleichen Hofkutsche, in der sie gekommen war, fuhr Marja Iwanowna wieder zurück. Anna Wlasjewna, die außer sich vor Ungeduld ihre Heimkehr erwartete, überschüttete sie mit Fragen, aber Marja Iwanowna konnte immer nur antworten, wie's gerade kam. Und wenn auch Anna Wlasjewna mit dieser Verwirrung eigentlich recht unzufrieden war, so schrieb sie das doch in der Hauptsache der Verlegenheit des Landfräuleins zu und entschuldigte es großmütig. Am gleichen Tage reiste Marja Iwanowna, die nicht einmal aus Neugierde einen Blick auf Petersburg warf, wieder auf unser Gut zurück ...

Hier brechen die Aufzeichnungen Pjotr Andrejewitsch Grinews ab. Die Familienchronik berichtet, dass er gegen Ende des 1774er Jahres durch einen namentlichen Erlass von seiner Einkerkerung befreit wurde; dass er darauf der Hinrichtung Pugatschows beigewohnt und dass dieser ihn in der Menge erkannt und ihm zugenickt habe, wenige Augenblicke später sei dann sein Haupt tot und blutbesudelt dem Volke gezeigt worden. Bald danach vermählte sich Pjotr Andrejewitsch mit Marja Iwanowna. Ihre Nachkommenschaft blüht im Ssimbirskschen Gouvernement. In einem Herrenhause kann man noch heute hinter Glas und Rahmen einen Brief Katharinas II. sehen. Er ist an Pjotr Andrejewitschs Vater gerichtet und enthält nicht nur die Rechtfertigung seines Sohnes, sondern auch ein Lob des Verstandes und des Herzens der Tochter des Hauptmanns Mironow.

Pjotr Andrejewitsch Grinews Handschrift wurde uns durch einen seiner Enkel übermittelt, der in Erfahrung gebracht hatte, dass wir mit einer Untersuchung des Falles beschäftigt seien. Wir entschlossen uns mit der Genehmigung der Familie, ein besonderes Werk daraus zu machen.

19. Oktober 1836